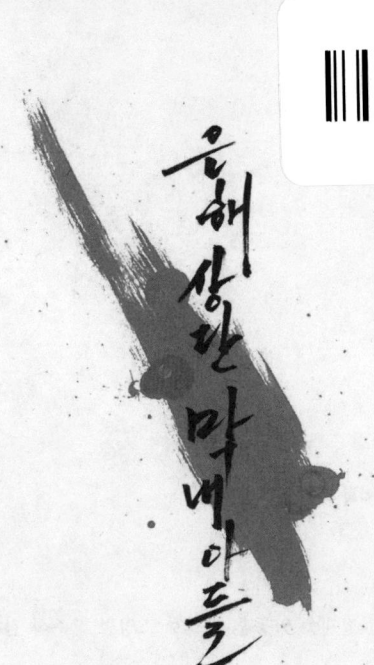

은해상단 막내아들

은해상단 막내아들 3

초판 1쇄 발행 2023년 8월 25일

지은이 ∣ 향란
발행인 ∣ 최원영
편집장 ∣ 이호준
편집 ∣ 송영규 최종건 정재웅 양동훈 곽원호 조정범 강준석 김시언
편집디자인 ∣ 한방울
영업 ∣ 김민원

펴낸곳 ∣ ㈜ 디앤씨미디어
등록 ∣ 2002년 4월 25일 제20-260호
주소 ∣ 서울시 구로구 디지털로 26길 111 JnK디지털타워 503호
전화 ∣ 02-333-2513(대표)
팩시밀리 ∣ 02-333-2514
E-mail ∣ papy_dnc@dncmedia.co.kr
블로그 ∣ blog.naver.com/gnpdl7

ISBN 979-11-364-4649-7 04810
ISBN 979-11-364-4602-2 (SET)

향란 신무협 장편소설

PAPYRUS ORIENTAL FANTASY

은해상단 막내아들

PAPYRUS
파피루스

12장. 첫 번째 주머니

첫 번째 주머니

상황은 종료되었다.

나는 목내이가 되어 버린 제갈경을 보았다.

그를 보고 있자니, 뭐라 설명하기 힘든 착잡함에 한숨이 흘러나왔다.

아무튼, 이제야 좀 후련해졌다.

내가 방금까지 저자에게서 느꼈던 역겨움이 사라졌다.

설마 사망하면 느껴지지 않는 건가?

아무래도 사부님께 여쭤봐야 할 듯했다.

그리고 때를 봐서 진법에 대해서도 여쭤봐야 할 것 같았다.

.

.

．

"조부님! 괜찮으세요?"

태상가주는 바닥에 주저앉아 계셨다. 나는 얼른 달려가서 물었다.

"괜찮으십니까?"

"나는 괜찮네."

하지만 말과는 달리, 태상가주의 안색은 몹시도 파리해 보였다.

"나는 괜찮으니 다들 걱정 말거라."

"하지만……."

제갈유아의 말에 그는 말을 이었다.

"단지 내공이 좀 부족해서 그렇단다. 이토록 내공이 부족한 일은 좀처럼 없었는데 말이야."

"그럼 저 진법이 그렇게 엄청난 것이었단 건가요?"

그녀의 물음에 태상가주가 말했다.

"그렇단다."

태상가주는 묘한 눈으로 나를 보았다.

왜 저런 눈빛으로 나를 보시지?

"공자, 이렇게 우리 세가를 위해 달려오고 또 우리를 도와주어서 고맙네."

"아닙니다. 당연히 해야 할 일이었습니다."

"자네라면 그렇게 말할 줄 알고 있었지. 하지만 고마운 건 고마운 것이거늘."

그는 말을 이었다.

"돌아가서 해야 할 급한 일이 없다면, 미안하지만 잠시만 객잔에서 머물러 주겠나? 이곳에서 머물게 하고 싶지만, 자네도 알다시피 이것저것 정리를 하느라 대접이 소홀해질 것 같아서 말이네."

"알겠습니다. 그리하겠습니다."

"고맙네."

·

·

·

제갈세가에서는 근방에서 가장 고급스러운 객잔의 가장 고급스러운 방을 마련해 주었다.

안 그러셔도 되는데.

그나저나 유 총관은 잘 돌아가고 있으려나?

이번 일에 다른 흑막이 있음을 알아차린 나는 가급적 빨리 제갈세가로 돌아가야 했다.

하여 유 총관을 데리고 갈 수는 없었다.

전속력으로 가야 하는 길이었기에, 체력이 약한 유 총관에게 다소 무리였다.

게다가 유 총관의 외유가 더 이상 길어지는 것은 곤란했다. 상단에는 계속해서 일이 쌓이고 있을 테니까.

그래서 사부님께 유 총관의 호위를 부탁드렸다.

어차피 사부님의 이번 표행은 우리 상단을 지나쳐 가야

했다.

사부님은 내 예상대로 흔쾌히 허락하셨고, 날이 밝자마자 출발하신다고 했다.

그렇게 다시 이틀이란 시간이 흘렀고, 나는 내 나름대로 열심히 근처를 돌아다녔다.

이곳에 와서 시간이 생긴 김에 해야 할 일이 있었기 때문이다.

.

.

.

삼 일째 되는 날.

나는 태상가주의 호출을 받았다.

안내받은 곳은 태상가주의 거처가 아닌, 제갈세가의 본전이라고 할 수 있는 곳이었다.

와룡전(臥龍殿).

어마어마한 크기의 건물 안으로 들어간 나는 나를 마중하러 나온 자를 발견했다.

"제갈유아 소저."

"어서 오세요, 공자. 모두 기다리고 계십니다."

나는 그녀에게 물었다.

"이제 그 연기는 더 이상 하지 않으시는 겁니까?"

"필요가 없으니까요. 모두 공자 덕분이에요."

"제가 뭘 했다고요. 모두 세가 사람들의 노력과 희생이 있었기 때문입니다."

나는 가주의 집무실에 들어갔다.

그곳에는 태상가주와 가주, 그리고 몇몇 이들이 자리하고 있었다.

"부르심을 받고 왔습니다."

나는 정중하게 포권했고, 그런 나에게 태상가주가 말했다.

"고개를 들게."

"네."

내가 고개를 들었을 때 태상가주가 자리에서 일어나며 말했다.

"은 공자 덕분에 제갈세가가 큰 위기에서 벗어날 수 있었네. 정말 감사하네."

그러고는 나에게 포권하며 고개를 숙였고, 그를 따라 모두 나에게 포권했다.

그 제갈세가의 태상가주에게 감사 인사를 받다니!

나는 손을 내저으며 그를 말렸다.

"왜 그러십니까? 저는 한 게 없습니다."

"아니네. 자네는 이 세가를 위해 많은 것을 해 주었네."

그는 말을 이었다.

"그 전에 내 자네에게 묻고 싶은 것이 있네."

"네, 말씀하십시오."

"본가에 사고가 터질 거라는 것을 어찌 알게 되었는가?

내 시종이 말하길, 세가가 위험하고 또 진법이 사용될 거
라고 했다던데?"

"네, 그 말대로입니다."

태상가주가 물어볼 것을 예상하고 있었기에 태연하게
답했다.

"사실, 제안원에 갔을 때 그를 만났습니다."

"그래, 제안원에 갔었다고 했지."

"네. 그때 그가 유난히 저를 경계하는 모습을 보였습
니다. 외부인에 대한 경계라기에는 뭔가 과했습니다. 마
치…… 뭔가 숨기는 듯한 기색이었습니다."

"뭔가 숨긴다라……."

"예, 마지막까지도 저를 경계하며 사라지더군요. 외부
의 침입자뿐만 아니라 내부의 변절자도 늘상 경계해야
하는 상인 집안의 자제로 자랐기에 그 기색을 읽을 수 있
었고, 그래서 수상하게 생각했습니다."

"하지만 그것만으로……."

"결정적으로, 세가를 떠나기 전에 그를 봤던 것이 객잔
에서 식사를 하고 나서야 생각났습니다. 같은 제갈세가
의 사람이 독살을 시도한 범인임이 밝혀졌다면 보통 어
떤 반응을 보이겠습니까?"

"당혹스럽겠지."

"하지만 그는 유유자적한 발걸음으로 어디론가 향하고
있었습니다. 그 모습에서 아직 제갈세가에 위험이 남아

있음을 깨달았습니다."

"그랬군. 그러면 진법이 사용될 거라는 건?"

"그건 당연한 것 아닙니까? 그자 역시 제갈세가의 사람이니까요."

"음……."

"불안한 마음에 그저 경고를 드리고자 세가를 다시 찾았을 뿐인데 이미 일이 벌어져 있어서 저도 많이 놀랐습니다."

"그랬군. 잘 알았네."

그것으로 질문은 끝났다.

사실 나는 좀 의아했다. 정말 중요한 질문은 하지 않았기 때문이다.

바로 사자후에 관한 것이다. 서로를 적으로 오인하고 검을 겨누던 자들의 정신을 차리게 했으니, 어찌 된 영문인지 궁금해하는 것이 당연했다.

하지만 그에 관해서는 질문하지 않았다.

왜지?

그 질문을 빼먹으실 분이 아닌데?

잠시 태상가주를 보던 가주가 말을 이었다.

"해서, 우리 세가는 자네에게 그에 대한 보답을 하려 하네. 원하는 것은 뭐든 말해 보게나."

"아닙니다! 저는 원하는 것이 없습니다."

내 말에 태상가주가 말을 이었다.

"허허, 편하게 말해 보래도?"

"정말 원하는 것이 없습니다. 대가를 바라고 한 일이 아닙니다."

나는 말을 이었다.

"위기에 닥친 이들이 눈앞에 있는데 어찌 이를 그냥 두고만 본단 말입니까? 하여 움직인 것뿐입니다. 대가를 바라고 움직인 것이 아닌데 어찌 대가를 말하라고 하십니까?"

사실 제갈세가에 대가를 받아 내고자 하면 받아 낼 건 많았다.

하지만 나는 그저 제갈세가가 건재했으면 했다.

그래야 무림맹이 쉽게 야욕을 드러내지 못할 테니까.

그러니까 이것은 차후에 무림맹을 묶어 놓기 위한 초석인 셈이다.

그런데 나의 대답이 꽤 깊은 인상을 준 듯했다.

"허허! 진정한 군자가 여기에 있었군!"

태상가주의 말에 가주가 고개를 끄덕였다.

"그렇습니다. 비록 나이는 어리지만, 그야말로 군자의 면모를 지닌 공자입니다."

그 말에 다른 이들 역시 고개를 끄덕였다.

"하지만 아버지께서 이리 말씀하시는데 거절하는 것도 비례일세. 그러니 무엇이든 괘의치 말고 말해 보게나."

그 무언의 압박에 결국 나는 한숨을 내쉬며 말했다.

"그렇다면 청이 하나 있습니다."

"무엇인가?"

"사실 저희 상단의 유소악 총관은 여러 복잡한 사정으로 내총관이 된 자입니다. 하지만 그 전에 진정으로 시문을 읊는 것을 즐기는 자입니다. 그리고 이번에 태상가주님의 초대를 받아 태상가주님과 함께한 시간은 참으로 즐거웠습니다. 하여 간청드립니다."

나는 포권하며 말을 이었다.

"앞으로도 유 총관과 계속해서 시문을 읊는 친우가 되어 주셨으면 합니다."

내 말에 태상가주의 눈시울이 붉어졌다.

어?

갑자기 왜 저러시지?

"크흥! 자네는 어쩜 이렇게 나를 감동하게 하나?"

"……네?"

"공자는 잊었는가? 이미 유 총관은 나의 아우일세. 그 말인즉, 유 총관은 율이의 숙부라는 의미이지."

그 말에 가주가 말을 이었다.

"아버님의 말씀대로입니다. 유소악 총관은 앞으로 저의 숙부님이십니다."

다시 말해 그 누구든 유 총관을 해하고자 한다면 제갈세가에서 가만있지 않겠다는 의미다.

그렇게 유 총관은 든든한 뒷배를 얻게 되었다.

나는 그냥 앞으로도 우리 상단과 인연이 이어가 달라는 부탁을 한 것뿐인데 말이다.

"그것 말고 정말 원하는 것은 또 없는 건가요?"

제갈유아 소저의 물음에 가볍게 고개를 끄덕였다.

"네."

"진짜요?"

"네."

"정말로요?"

"네."

그때 태상가주가 말했다.

"그리고 보니 자네 가문의 연 각주라는 자가 복건성의 안계에서 철관음을 직접 구매하고자 움직이고 있다지?"

"아시는군요."

"본의 아니게 알게 되었다네. 사실 복건성에는 본가 소유의 차밭이 있거든."

"그러셨군요."

"전에 보니 공자 또한 차에 관심이 많더군. 하여 자네에게 보답하고자 복건성에 있는 세가 소유의 철관음 차밭 소출의 유통권을 내주겠네."

"네?"

내가 알기로 제갈세가가 소유한 철관음 차밭의 넓이는 어마어마했다.

내가 겪었던 미래에는 무림맹에서 꿀꺽했지만.

그 어마어마한 차밭에서 수확하는 차의 유통권을 우리 상단이 가져간다면 그 이득은 헤아리기도 힘들 터.

"기한은 무기한일세."

"어, 어찌 그런! 받잡기 어렵습니다."

"그 정도는 받아도 되네. 나를 비롯한 제갈세가 전체가 자네에게 구명지은을 입었으니 말일세."

"하오나……."

"그냥 받게, 받아! 뭔가 더 해 주고 싶지만, 훗날 자네가 우리 세가의 도움을 필요로 할 수도 있으니 나머지는 나중을 위해서 남겨 놓겠네."

그렇게 나는 이번 제갈세가와의 일을 통해 생각지도 못했던 것을 얻게 되었다.

내가 바꾼 현생의 결과이다.

이 현생의 미래가 어떻게 될지는 아직 잘 모르겠지만, 지금으로서는 일이 잘 마무리되었다.

이제 나는 슬슬 돌아가야 했다.

"그럼 저는 이만 돌아갈까 합니다. 저 역시 맡은 일이 있기에 더는 자리를 비울 수 없음을 양해해 주십시오."

"그래, 그래야지."

그때 제갈유아가 말했다.

"은 공자."

"네."

"정말 감사했어요. 혹여라도 개인적으로 도움을 줄 수

있는 일이 있다면 도움을 드리고 싶어요."

가문의 어른들이 모여 있는 자리인지라, 그녀의 말을 매정하게 거절할 수는 없었다.

"소저의 호의를 기억하겠습니다. 부디 건강히 지내십시오."

내 말에 그녀의 양 뺨이 순간 발그레해졌다.

그때 가주가 말했다.

"험, 험험. 자네, 혹시 정혼자가 있는가?"

"아직 없습니다만……."

"그런가? 알겠네."

이 질문의 의도가 뭐지?

아무튼, 나는 모두에게 포권했다.

"그럼 강녕하십시오. 태상가주님과 가주님, 그리고 모두의 성대한 호의에 감사드립니다."

이제 진짜 집으로 돌아가야지.

* * *

태상가주는 점점 멀어지는 은서호의 마차를 바라보았다.

그의 눈에는 흐뭇함이 가득했다.

'저 공자가 본가에 방문한 건 조상님의 은덕인가? 아니면 아직 본가가 사라지면 안 된다는 하늘의 뜻인가?'

그는 자신의 소매에서 작은 옥패를 꺼내어 물끄러미 바라보았다.

과거, 친우와 나누었던 증표이다.

친우의 가문은 유난히도 맑고 정순한 내공을 자랑했었지만, 이제는 없다.

마교에 의해 순식간에 멸문지화를 당한 것이다.

친우의 죽음에 대해 들었을 때 얼마나 괴로웠던지…….

하지만 뭔가 석연치 않음을 느꼈고, 비밀리에 그 사건에 대해서 조사했다.

그 와중에 친우가 남긴 서신을 발견했다.

그때야 알게 되었다.

무림맹의 짓이었음을.

친우의 원한도 있지만, 무림맹이 수상하다고 생각하여 그 이후로 거리를 두게 된 것이다.

이번에 혼아안막진법의 영향을 받지 않았던 것은 친우가 준 옥패 덕분이다.

그 옥패에는 친우의 정순한 내공이 담겨 있었기에, 사이한 기운의 혼아안막진법에 당하지 않았던 것이다.

그리고 그 맑고 정순한 기운을 은서호에게서 느꼈다.

그 말인즉, 친우의 자손이 어딘가 살아남아 비밀리에 명맥을 이어 오고 있다는 의미이다.

하여 친우를 위해 은서호의 사자후에 관해서는 묻지 않

았던 것이다.

그리고 자신의 가문을 구한 은서호를 저들로부터 보호하기 위함이기도 했다.

'이에 대해 약간의 정보 조작은 해야겠지만…….'

조금 바쁘게 움직여야 할 듯했다.

* * *

집에 돌아온 나는, 즉시 아버지의 집무실로 향했다.

"소자, 무사히 여정을 마치고 귀가했습니다."

"즐거운 시간이었느냐?"

"네. 무척 즐겁고 뜻깊은 시간이었습니다."

"유 총관에게 말은 들었다. 제갈세가에 뭔가 일이 생겨서 급하게 돌아갔다던데?"

"사실 말입니다……."

나는 아버지에게 자초지종을 이야기했고, 내 이야기를 들은 아버지는 한숨을 쉬셨다.

"그런 일이 있었구나."

"네."

"그래도 너는 아직……."

나는 얼른 손에 들고 있던 것을 아버지에게 내밀었다.

"그리고 아버지. 이건 제갈세가에서 주는 것입니다."

"응?"

"받으라고 강권해서 받기는 했는데. 정말 이걸 받아도 되는지 모르겠습니다."

아버지는 내게서 서류를 받아 펼쳤다.

정확하게 셋을 세었을 때.

"헉! 이, 이건 무엇이냐?"

아버지는 깜짝 놀라 외치셨다.

"안계 철관음의 유통권이라고?"

아버지의 말에 나는 고개를 끄덕였다.

"네, 아버지가 보시는 대로입니다."

"허……."

"그래서 제가 이걸 받아도 될지 망설였다는 겁니다. 하지만 몇 번이고 강권하셔서 어쩔 수 없이 받았습니다."

"……."

아버지는 한숨을 내쉬며 말씀하셨다.

"이걸 거절하면 많이 섭섭해할 것이라 쓰여 있구나. 어쩔 수 없지. 받도록 하자."

"알겠습니다."

"더 이야기할 것이 있느냐?"

"없습니다."

"그럼 가서 쉬도록 해라. 피곤할 터인데."

"알겠습니다."

아버지의 집무실에서 나온 나는 즉시 재경각으로 향했다.

유 총관은 분명 재경각에 있을 테니까.

재경각에 들어서자 각원들이 나를 반겨 주었다.

"어서 오십시오, 도련님."

"네. 잘 다녀왔습니다."

"오늘 오신 겁니까?"

"방금 왔습니다. 아버지께 다녀오자마자 이곳에 온 겁니다. 유 총관님은 안에 계시죠?"

"네."

"지금 정신없이 일하고 계십니다. 자리를 비우신 동안 밀린 일이 산더미라서요."

아! 이런!

그걸 생각 못 했네.

나는 얼른 뒷걸음쳤다.

하지만 그때 유 총관의 집무실 문이 열리고, 유 총관이 후다닥 나에게 달려왔다.

그러고는 내 손목을 잡았다.

"도련님 오셨군요."

"하, 하하하. 유 총관……."

"어서 들어가죠. 해야 할 일이 많습니다."

"퇴근 시간이 한 시진밖에 남지 않았습니다만?"

"한 시진이면 서류를 처리하기에 충분한 시간입니다."

"……."

결국, 나는 유 총관의 손에 이끌려 집무실로 들어가야 했다.

좀 나중에 올 것을 그랬네.

.

.

.

한 시진 후.

나는 옆에 쌓인 서류를 보았다.

한 시진 동안 처리한 서류가 한 뼘을 넘어갔다.

이거 왠지 뿌듯…… 이런! 벌써부터 일 중독이 되어서
는 곤란한데.

그때 퇴근을 알리는 북소리가 들렸다.

나는 자리에서 일어났다.

"총관님, 퇴근 시간입니다."

내 말에 유 총관은 아쉬움이 가득한 목소리로 말했다.

"네, 퇴근하십시오."

그러고는 들고 있던 붓을 내려놓으며 나에게 물었다.

"가셨던 일은 잘 해결되었습니까?"

"네."

"저 역시 창인표국에서 잘 데려다준 덕분에 무사히 왔
습니다. 그런데 이리 늦으신 것을 보면 생각보다 일이 많
이 컸나 봅니다."

그의 말에 나는 고개를 끄덕였다.

"네. 사실은요……."

나는 그에게 자초지종을 이야기해 주었다.

유 총관도 그 이야기를 들을 권리가 있었다. 그 사건의
중심에 있던 사람이니까.

"하아…… 그랬군요. 태상가주님께서 마음이 많이 아
프시겠습니다."

"그래도 가문에 암약하고 있던 세력들이 쓸려 나갔으
니, 심적으로는 부담을 더셨을 겁니다."

이런저런 이야기를 하던 나는 품에서 서신 하나를 꺼냈
다.

"받으십시오."

"네?"

"태상가주님께서 보내시는 서신입니다."

단단하게 봉해진 서신을 본 유 총관의 눈동자가 흔들렸
다.

"제게…… 말입니까?"

"네."

유 총관은 서신을 받아 봉한 것을 뜯고는 그 자리에서
서신을 읽었다.

나는 그 서신을 읽지 않았다.

아무리 단단하게 봉했다고 하더라고 표 나지 않게 뜯는
방법은 있다.

하지만 태상가주와 유 총관의 친목을 위한 서신이다.
그걸 몰래 보고 싶은 마음은 없었다.

서신을 읽던 유 총관이 나를 보았다.

"왜 그러십니까?"

"도련님께서 태상가주님께 청을 드렸다고 적혀 있군요. 앞으로도 저와 계속 교류해 달라 하셨다고…….”

"아…….”

나는 뭔가 쑥스러워져서 뺨을 긁으며 대답했다.

"그랬죠.”

"감사합니다.”

그 담백한 인사에 나는 피식 웃었다.

"그러니까 몸 관리 잘하세요. 아무리 그래도 태상가주님보다는 오래 사셔야 하지 않겠습니까?"

"그리하겠습니다.”

"그럼 저는 퇴근하겠습니다.”

"네.”

나는 몸을 돌려 집무실을 나섰다. 그리고 살짝 뒤를 돌아보니 유 총관은 계속해서 서신을 읽고 있었다.

무척이나 행복해 보였다.

그럼 나는 조부님과 어머니, 그리고 두 형님께 잘 다녀왔다고 말하고 내 처소에 돌아가서 쉬어야겠다.

아…….

그러고 보니 내일쯤이면 슬슬 그들이 이곳 숭양현에 도착할 테니까 그들을 맞이할 준비도 해야겠구나.

그럼 나는 언제 쉬지?

절로 한숨이 나왔다.

나는 결심했다.

백천상단, 아니, 무림맹에 대한 복수를 마치고 은해상
단이 천하제일 상단이 되면 진짜 푹 쉴 거다.

* * *

무림맹.

백도무림의 연합이라 할 수 있는 곳인 만큼 그 규모는
상당했다.

그리고 백도 연합의 대표이자 수장이 맹주이다.

맹주의 집무실.

면경이 사방에 도배하듯이 놓여 있다는 것이 특이했다.

그러나 그것을 제외하면 별다를 것 없는 집무실이다.

맹주는 자신의 수하에게 보고를 받고 있었다.

"제갈세가의 피해는 거의 전무하다고 합니다."

"전무하다고?"

"그렇습니다."

"그럴 리가 없다! 그 혈진(血陳)이 발동된다면 최소 반
절은 죽는다."

혼아안막진법.

그 진법은 혈진이라고도 불렀다.

한번 발동하면 서로 죽고 죽이는 혈겁이 일어나, 시산
혈해를 이루기 때문이다.

"저희가 추측한 바로는, 태상가주와 가주가 생각보다 빨리 그 진을 부수어서 그런 듯합니다."

"하긴, 그 진법을 만든 건 제갈세가의 이들이니, 그곳의 태상가주와 가주라면……."

"그곳에 혈진을 설치한 것이 실수였습니다. 다른 방도를 생각했어야 했습니다."

"그땐 제갈경 그자가 태상가주와 가주가 죽은 후에 그 혈진을 발동하겠다고 해서 허락한 것이었지. 그런데 왜 그 전에 혈진을 발동한 것이지?"

맹주의 물음에 수하가 대답했다.

"태상가주와 가주가 독살 시도를 눈치챘다는 보고가 마지막이었던 것을 보면, 더 이상 그곳에 머물다가는 자신의 정체가 발각될 것 같다는 불안감에 그리한 것 같습니다."

"안 봐도 알겠군. 그대로 도주하면 공을 세우지 못할 것을 걱정하여 그리한 것이로군."

"저 역시 그리 추측합니다. 그런데 제갈경 그자는 정말 그 혈진을 발동하면 죽는다는 것을 몰랐던 걸까요?"

"몰랐을 거다. 제갈세가에서 만든 것이 아니라, 우리가 전해 준 진법이라고 철석같이 믿고 있었으니까. 그리고 그걸 발동했을 때 목내이가 되어 죽는다는 것도 알려 주지 않았고."

그래서 제갈경이 아니라 쓰고 버릴 만한 자를 투입하여

진법을 발동할 생각이었다.

"쯧쯧, 맹에 필요 없는 놈이었군. 빨리 죽은 게 다행이다. 쓸데없는 자금만 축낼 뻔했어."

"그렇습니다."

"하지만 아무리 태상가주와 가주가 건재하다 해도 피해가 전무할 리는 없는데⋯⋯."

"저도 그것이 이상합니다. 혈진은 내공이 아무리 심후한 자라 한들 영향을 받는다 하지 않았습니까?"

"맞다. 그 혈진을 무효화시킬 방법은 그 가문의 내공뿐이지."

"그 가문은 이미 멸문했습니다."

"그렇지. 그 가문의 개새끼와 닭 새끼 한 마리까지 다 죽여 버렸지."

그리 말하며 맹주는 그 가문을 떠올렸다.

유난히도 맑고 청명한 내공을 자랑했던 가문이었다.

하지만 자신들의 일에 방해가 되었다.

하여 마교도의 짓으로 위장하여 멸문시켜 버렸다.

"제갈세가는 명가이다. 그러니 태상가주와 가주쯤 되면 그에 대항할 수가 하나쯤은 있었겠지."

수하가 조심스레 물었다.

"제갈세가는 어찌할까요?"

"그냥 내버려 둬라."

"네?"

"그 혈진이 드러난 이상 우리도 조금은 몸을 사려야 하니까. 그 멍청한 새끼가 일을 그르쳤어."

그는 분노를 드러냈고, 이에 수하는 더욱 고개를 조아렸다.

"하지만 우리가 그리했다는 증거가 없고, 이쯤 경고했으면 그 늙은이도 경거망동하지는 않겠지. 가문을 아끼는 자니 함부로 우리에게 칼날을 들이밀지는 않을 게야."

맹주는 말을 이었다.

"그리고 그곳에 계속하여 신경 쓸 여력은 없다. 현재 진행 중인 다른 일도 많으니까."

"알겠습니다."

수하가 대답하자, 맹주는 고개를 끄덕이며 물었다.

"혹시 그 일에 관해 특이 사항은 없었나?"

"특별한 건 없었습니다. 다만, 당시에 태상가주의 문객이 와 있었다고 합니다."

"문객?"

"네. 혹시 몰라 일단 조사해 봤습니다. 유소악이라는 자와 은서호라는 자입니다. 유소악은 올해 마흔다섯으로, 은해상단의 내총관입니다. 은서호는 올해 열다섯으로, 은해상단 상단주의 삼남입니다."

"은해상단? 거긴 또 어딘가?"

"호북성을 중심으로 활동하는 상단으로서, 주로 미곡과 차, 약재 등을 취급한다 합니다. 이번 동지에 발표한 상단 순위에서 구십팔 위를 차지한 곳입니다."

"별 신경 쓰지 않아도 되는 곳이군."

"저도 그리 생각합니다."

"보고가 끝났으면 나가 보도록."

"네."

수하는 집무실에서 나갔고, 맹주는 서탁의 서류를 들었다.

문득 그의 뇌리에 은해상단의 이름이 스쳐 지나갔다.

'예전에 들은 기억이…… 아!'

호북성 남쪽에 비밀지부를 세우기 위해서 공을 들였던 일이 있었다.

하지만 그 기루의 루주가 일을 그르치는 바람에 실패로 돌아갔던 일이 있었다.

결국, 그 기루는 은해상단이라는 곳에 넘어갔다는 보고를 받았었다.

그때 일과 이번 일 모두 은해상단이라는 이름이 튀어나왔다.

그는 피식 웃었다.

'참 재미있는 우연이야.'

그 순간 그의 눈이 붉게 빛났다.

'이크!'

집무실 사방에 놓인 면경을 통해 이를 확인한 그는 얼른 자신의 눈을 가렸다.

* * *

호북성 숭양현.

그곳에 한 무리가 막 도착했다.

남녀가 골고루 섞인 일곱의 그들에게 공통점이 있다면, 대부분이 중년이라는 것이다.

그리고 같은 복장을 한 열두 명의 무사가 그들을 에워싸고 있었다.

그들은 표국의 표사들로, 호위 의뢰를 받아 그들을 호위하여 이곳까지 온 것이다.

숭양현 북쪽에 있는 현청에 도착하자 표두가 말했다.

"의뢰하신 대로, 숭양현의 현청에 도착했습니다."

그 말에 일행의 수장 격인 남자가 말했다.

"수고했소."

"별말씀을요."

"여기 표행비의 나머지 반이오."

그는 자신의 품에서 전낭을 꺼내어 내밀었다.

표행비는 아주 특별한 경우가 아니라면 보통은 떠나기 전에 반을 지불하고, 표행을 마친 후 나머지 반을 지불했다.

"세어 보시오."

"알겠습니다."

표두는 그 앞에서 돈을 세어 보았고, 이내 고개를 끄덕였다.

"역시 정확하군요."

"상인의 덕목은 정확함이지. 지금도 상인이라고 해도 될는지 모르겠지만."

그의 말에 표두가 말했다.

"녹옥상단(綠玉商團)을 이끌던 분들이셨으니, 어디서든 다시 시작할 수 있으실 겁니다."

"입에 풀칠하며 살 순 있겠지. 하지만…… 이미 왕년의 열정이 꺼져 버렸으니……."

일 년 전, 그들에게는 청천벽력 같은 일이 벌어졌다.

그들이 물심양면으로 섬기던 녹옥상단의 상단주가 사망한 것이다.

상단주는 사망하기 전, 그들을 불러 놓고 유언을 남겼다. 부디 자신의 아들을 도와 달라고.

상단주가 사망한 후, 그의 아들이 새로운 상단주가 되었다.

"부족하지만 잘 부탁드립니다. 그래서 말인데……."

그는 의욕 넘치게 이런저런 일을 추진했다.

거기까진 좋았다.

하지만 그 추진하는 일들이 얼토당토않은 것들이란 게 문제였다.

누가 봐도 실패할 일이다.

웬만하면 신임 상단주의 말에 따르려고 했지만, 죽은 상단주의 유언이 떠올라 그 일을 반대했다.

"큰 손해를 볼 겁니다."

"상관없습니다."

"정녕 그리하셔야겠습니까?"

"상단주는 나입니다! 나라고요! 아버지의 말에는 고분고분, 예! 예! 하더니 왜 내 말에는 번번이 반대만 하시는 겁니까?"

결국, 신임 상단주의 말대로 일이 진행되었다.

하지만 결과는 불 보듯 뻔했다.

큰 손해를 본 것이다.

하지만 신임 상단주는 여전히 자신의 잘못을 인정하지 않았다.

"이건 전부 당신들이 일을 게을리했기 때문입니다! 아버지가 계실 땐 열심히 하시던 분들이 아닙니까? 지금 어린 제가 상단주가 되었다고 우습게 보는 겁니까?"

그들은 억울했다.

녹옥상단은 그들이 평생을 바쳐 일구어 온 상단이다.

그런데 일을 게을리했다니?

천지신명에 맹세코 그런 적은 없었다.

신임 상단주를 무시한 적 또한 없었다.

하지만 신임 상단주는 계속해서 자신이 무시받고 있다 생각을 하니, 그들로서는 참으로 답답할 노릇이었다.

그렇게 충돌은 계속되었고, 갈등은 점점 깊어져만 갔다.

그리고 한 달 전.

신임 상단주는 그들을 불러 모았다.

그러고는 그들을 향해 해고를 통보했다.

"모두, 상단에서 나가 주십시오."

"네?"

"그동안 생각해 보니, 역시 상단이 새로워지기 위해서는 사람 역시 새로워져야 할 것 같습니다. 먹다 남은 찻물에 새 찻물을 부어서야 차가 맛이 있겠습니까?"

예상은 했다.

하지만 생각보다 기분이 좋지 않았다.

'이럴 줄 알았다면 상단주님이 돌아가셨을 때 상단에서 나왔어야 했나?'

죽은 상단주의 유언이 그들의 발목을 잡았던 것인데, 결국 이렇게 쫓겨나게 된 것이다.

.

.

.

그들은 상단에서 나왔다.

앞으로 어찌해야 할지 막막하던 차에 양진수를 비롯한 이들에게 한 공자가 찾아왔다.

은서호라는 이름의 공자였다.

그 공자는 그들에게 제안했다.

다른 곳에서 새로운 시작을 해 보지 않겠냐는 제안이었다.

당돌한 공자라고 생각했다.

자신들에게 그런 제안을 한다는 것 자체가 당돌했다.

"당신들은 이미 전 상단주님에 대한 도의를 지켰습니다. 그쯤 하면 전 상단주님도 이해할 겁니다. 그러니 이제 스스로 살길을 도모해야 하지 않겠습니까?"

그동안 상단에서 일하며 사람 보는 눈이 있다고 자부해 왔다.

공자가 범상치 않음은 알아차렸기에 고민하고 또 고민했다.

사실 녹옥상단의 신임 상단주는 그들을 내쫓은 것에서 그친 게 아니라, 그들이 양번에 머무는 것조차 고까워했다.

하여 이런저런 구실로 압박을 가하였고, 이제 더는 버틸 수 없다고 생각했을 때 들어온 제안이었기에 솔깃한 마음이 들었다.

하지만 사람을 겉만 보고 판단할 수는 없는 일.

그들은 인맥을 통해 은서호라는 인물에 관해 알아보았다.

그때 그들의 귀에 들어온 소식이 있었다.

은서호가 제갈세가와 긴밀한 사이이며, 태상가주와 가주의 신임을 받고 있다는 소문이다.

제갈세가가 어딘가!

호북성 서쪽에 거하는 이들의 정신적인 지주가 아니던가!

그런 곳과 연이 있는 공자였다.

또한, 양번에 적을 두고 거의 삼십 년 이상 활동하던 상인들이기에 알고 있다.

제갈세가는 절대 호락호락한 곳이 아니다.

그렇기에 그 소문이 진실임을 확인하자마자 그 제안을 받아들이기로 했다.

그러고는 곧 표국에 호위 의뢰를 하여 이곳까지 온 것이다.

표두도 그런 그들의 사정을 알고 있다.

그리고 표두는 그들에게 몇 번 은혜를 입었기에 그 은혜를 갚기 위해서라도 최선을 다해 안전하게 호위했다.

"그래도 포기하지 마십시오."

"고맙네. 그럼 살펴 가시게나."

"그동안 정말 감사했습니다."

"몸조심하게. 자네들은 몸이 재산이지 않은가?"

"네, 감사합니다. 부디 보중하십시오."

그렇게 표두와 표사들은 떠나고, 현청 앞에 남은 이들은 한숨을 내쉬었다.

"그나저나 이곳이 맞나?"

누군가의 물음에 수장 격인 남자, 양진수는 고개를 끄덕였다.

"여기가 틀림없네."

"이곳에 와서 기다리고 있으면 반 시진 안에 찾아온다고 했고."

"그런데 왜 하필이면 현청 앞에서 만나자고 한 것인지……."

그렇게 약 일각 정도 기다리고 있을 때였다.

"저, 양번에서 오신 양진수 행수님 일행 되십니까?"

자신들을 부르는 소리에 옆을 돌아보니, 한 거한이 그들 앞에 서 있었다.

"누구신지?"

"저는 명을 받고 여러분을 모시러 온 사람입니다."

하지만 양진수는 그에게서 뭔가 위험한 냄새를 맡았다.

그동안 상단에서 산전수전 다 겪으면서 생겨난 본능이다.

그 본능이 지금 경고를 보내는 것이다.

양진수가 그에게 물었다.

"누구의 명을 받고 온 겁니까?"

"……대답할 수 없습니다."

"우리를 보고자 한다면 직접 오시라 하십시오."

"그분께서는 바쁘십니다."

"아니. 우리는 그분이 직접 올 때까지 당신을 따라가지 않겠소."

이내 실랑이가 이어졌다.

"바쁘신 분입니다. 이럴 시간이 없습니다."

"허허! 그분이 직접 와야 간다니까?"

"자꾸 이러시면 그분께서 약속하신 것을 드리지 않으실지도 모릅니다."

그러면서 슬쩍 검을 들이밀었다.

위압감을 느낀 양진수 일행은 뒤로 주춤주춤 물러났다.

그러고는 현청을 향해 달려가려고 했다.

그런 기색을 알아차린 그 거한이 말했다.

"자꾸 그러면 재미없습니다만?"

"……."

"얌전히 따라오지 않으시면 안위를 보장해 드릴 수 없습니다."

자신들 앞의 거한은 그들이 양번에서 왔다는 것과, 이름 역시 알고 있다.

자신들이 이곳에 올 것을 알고 있고, 또 자신들을 해할 자는 한 명뿐이다.

확인이 필요했다.

"⋯⋯누가 보낸 것이냐?"

"그건 왜 또 물으십니까? 알아 봤자 속만 쓰립니다."

"누가 보냈냐니까?"

그때였다.

"어? 이 사람도 아까 봤던 그 사람인데?"

난데없이 들린 목소리에 고개를 돌려 보니 반가운 얼굴이 있었다.

은서호다.

그리고 그의 뒤에는 굴비처럼 줄줄이 엮인 이들이 현청의 포졸들에 의해 연행되고 있었다.

은서호의 외침에 오랏줄에 묶여 있던 그들은 거한을 보며 외쳤다.

"어? 어어? 저 새끼?"

"저 새끼도 한패입니다!"

"뭐?"

"저자를 추포하라!"

그렇게 상황은 순식간에 정리되었다.

* * *

나는 양번에서 온 양진수 행수를 비롯한 이들을 데리고 귀면포 노인의 잡화점으로 왔다.

노인은 점심으로 만두를 먹고 있었다.

그걸 보니 더 배가 고파졌다.

"이쪽입니다."

내가 그들을 안내한 곳은 지하의 제법 넓은 공간이었다.

나는 저들과 함께 상단을 하나 차릴 생각이다.

그리고 그 상단과 나와의 관계에 대해서는 아무도 몰라야 했다.

심지어 내 가족들도 말이다.

그렇기에 몰래 움직여야 했는데 적당한 장소가 없었다.

고민하는 나에게 노인이 말했다.

"그런 곳이라면, 여기 있는데?"

"네? 있다고요?"

"응. 이곳 지하."

"봐도 되나요?"

"얼마든지."

노인은 나에게 지하의 공간을 보여 주었다.

예상하지 못했던 넓고도 쾌적한 공간에 나는 그곳을 빌리기로 했다.

"대실료는 만두 한 접시다."

"네네."

지금 노인이 먹고 있는 만두가, 바로 그 만두다.

그동안 뻔질나게 이곳을 드나든 덕분인지 귀면포 노인은 나를 친밀하게 대하기 시작했다.

정중하게 예를 갖추던 반존대에서 하대하기 시작한 것이 그 증거다.

나는 양진수 행수 일행에게 물었다.

"식사는 하셨습니까?"

"아, 네. 오다가 간단하게 국수 한 그릇씩 먹고 왔습니다."

그럼 나만 아직 점심을 먹지 못한 거구나.

오늘 이들과 만나 이야기하기 위해 나는 점심시간을 비워야 했다.

우선 귀면포 노인의 협조를 얻어 포졸들을 움직였다.

녹옥상단의 신임 단주가 저들을 해코지하기 위해 움직일 것을 알고 있었기 때문이다.

내 기억 속에 그 폐멸 과정이 있으니까.

.

.

.

내 앞에 있는 양진수 행수를 포함하여 일곱 명의 행수들은 녹옥상단을 일구고 키운 주역들이다.

이들은 전대 상단주의 아들이자 신임 상단주에게 쫓겨났다.

자세히는 모르지만, 아마도 신임 상단주와 저들 사이에 갈등이 생겼을 거다.

신임 상단주는 자신을 무시한다고 생각했을 거고, 내 앞의 이들은 그런 신임 상단주가 답답하고 야속했겠지.

어쨌든 고인 물을 새 물로 바꾸었으니, 녹옥상단에 활기를 불러일으키긴 했을 거다.

새로운 뭔가를 시도해 보려고 했던 것은 좋다.

하지만 신임 상단주는 고인물이 왜 고인물인지 알지 못했다.

온 땅의 물을 말려 버리는 가뭄 같은 예기치 못한 상황에서도 살아남았기에 고인 물인 것이다.

상행을 하다 보면 예기치 못한 일들이 생기는 것은 다반사이다.

신임 상단주는 자신 역시 상단에서 나고 자랐으니 그런 예기치 못한 일에 본인이 잘 대처할 수 있을 거라고 생각했을 거다.

실제로 그는 "그런 문제는 그냥 돈이면 해결되던데 왜 쓸데없이 친목이나 하고 있었던 건지……."라고 말했었다고 한다.

그가 생각한 대처 방법은 돈이었던 것이다.

하지만 그건 착각이었다.

돈으로 해결할 수 없는 문제도 상당수 있다는 것과, 그러한 문제는 경험을 비롯해 그동안 쌓아 놓은 인맥과 덕망으로 해결할 수밖에 없음을 그는 몰랐던 것이다.

그런 건 겉으로 드러나지 않는 경우가 많았으니까.

또는 알면서도 무시했든지.

그런데 그런 무기를 지니고 있는 이들을 전부 쫓아내 버렸으니 제대로 대응할 수 있을 리가 없었다.

더군다나 신임 상단주는 그들이 양번에서 머무는 것 역시 허락하지 않았다.

결국, 그들은 양번을 떠나기로 했다.

문제는 녹옥상단의 신임 상단주가 낭인무사를 고용하여 그들의 목숨까지 노렸다는 것이다.

다른 상단에서 그들을 데려다가 기용하는 것도 두려웠던 모양이다.

내가 겪은 미래에서는 그들 중 유일하게 살아남은 자가 양진수 행수뿐이었다.

그 일로 인해 녹옥상단은 양진수 행수의 철천지원수가 되어 버렸다.

그도 그럴 것이 죽은 이들 중에는 동료들뿐만 아니라 가족들도 있었기 때문이다.

그의 증언을 듣고 관에서는 녹옥상단주를 조사했지만, 이미 뇌물을 받아먹은 관에서는 그자를 무죄 방면했다.

그렇게 몇 년의 세월이 흐르고, 신임 녹옥상단주는 뭔가 잘못되었음을 깨달았지만 이미 때는 늦었다.

조언을 얻고 싶어도 얻을 수 없었다.

녹옥상단을 잡아먹으려는 자들로 사방이 가득한 상황이다.

누구에게 조언을 구한단 말인가?

결국, 녹옥상단은 망했다.

신임 상단주는 누군가에게 살해당했고, 그걸 보고 사람들은 자업자득이라고 했다.

나 역시 그렇게 생각했다.

그 이야기의 주인공들을 보니, 문득 내가 진짜 시간을 거슬러 되돌아왔다는 것을 깨달을 수 있었다.

나는 이번에 제갈세가가 있는 양번에 간 김에 저들과 접촉했다.

다행히 저들이 양번을 떠나기 전이었고 늦지 않게 저들을 만나 이곳에 오도록 한 것이다.

이번에는 무고한 자들이 덧없는 죽음을 맞이하게 하고 싶지 않았다.

하여 녹옥상단에서 버린 자들을 내가 주워 온 것이다.

상단의 진짜 보물은 사람인데, 이렇게 어이없이 버리다니!

지금 저들이 지닌 경험과 인맥은 천금을 주고도 구할 수 없는 것이다.

나는 저들이 신임 상단주가 고용한 낭인들의 손에 죽게 될 것을 알았기에, 저들을 구하기 위해 두 가지 수를 썼다.

첫 번째는 반드시 표국의 도움을 받아 이곳에 오도록 한 것이다.

내가 겪었던 미래에서는 양진수 행수 일행이 표국의 도움을 받지 않았다.

하여 그리도 쉽게 낭인들에게 당한 것이기도 했다.

돈을 아껴야 하는 실정이다 보니, 표국에 주어야 할 의뢰비가 아까웠던 것이다.

표행이라는 것이 생각보다 돈이 많이 드는 일이니까.

하여 나는 그들에게 돈을 주면서 반드시 표국의 도움을 받으라고 신신당부했고, 그들은 내 부탁대로 했다.

두 번째는 약속 장소를 현청 앞으로 정한 것이다.

현청 앞이라면 아무래도 낭인들이 함부로 행동하기 껄끄러울 테니까.

숭양현으로 오는 길에 양진수 일행을 처리하지 못했기에 남은 방법은 하나뿐이다.

그들이 숭양현의 이들과 안면을 트기 전에 처리하는 것이다.

그러지 않으면 여러모로 처리가 곤란하기 때문이다.

한데 문제는 양진수 일행이 현청 앞에 있었다는 것.

그래서 낭인무사들은 저들 나름대로 생각을 한 것이다.

일부가 그들에게 접근, 유인하여 다른 곳으로 데리고 가서 처리하고자 했겠지.

그 전에 내가 먼저 그들을 처리했지만 말이다.

귀면포 노인을 통해 포졸들을 움직이긴 했지만, 그들은 수배 중인 이들이었다.

양진수 행수 일행을 협박하여 끌고 가려고 했던 자들은 아니었지만.

덕분에 일 처리는 빨라질 듯했다.

"차 드십시오."

팔갑이 저들에게 차를 한 잔씩 내주었고, 마지막으로 내 앞에 찻잔을 놓았다.

저들은 차를 마셨다.

그제야 떨리는 손이 진정된 듯했다.

양진수 행수가 물었다.

"정말, 정말 저들이 상단주가 보낸 것입니까?"

"상단주라면, 어느 상단주를 말씀하시는 겁니까?"

"그러니까⋯⋯."

그는 침을 꿀꺽 삼키고 말을 이었다.

"녹옥상단의⋯⋯ 상단주가⋯⋯ 보낸 겁니까?"

"이미 답은 알고 계시지 않습니까?"

나의 대답에 그들은 한숨을 내쉬었다. 그들의 얼굴에

떠오른 표정은 분노, 실망 등등이었다.

나 같아도 그럴 것이다.

지금까지 청춘을 다 바친 상단에서 쫓겨난 것도 모자라 목숨까지 빼앗길 뻔했으니 말이다.

"그럼 앞으로 저희가 새로운 출발을 하려고 해도 다시 방해할 것 아닙니까?"

"그렇겠죠. 하지만."

나는 그들에게 말했다.

"녹옥상단에서만 방해하겠습니까?"

"아…… 그렇군요."

"여러분들께서는 그런 방해를 받으면서도 지금까지 살아남으신 분들입니다. 그 정도는 거뜬히 제쳐 버릴 수 있다고 생각합니다."

"그리 평가해 주시니 감사할 따름입니다."

이제 본격적으로 이야기를 시작해야지.

"제가 여러분들을 이곳에 모신 이유는, 전에도 설명해 드렸듯이 여러분과 함께 새로운 일을 하나 해 볼까 해서입니다."

"그래서, 우리가 도모해야 할 살길이 무엇이오?"

내가 했던 말을 기억하고 있었다.

나는 양진수 행수를 바라보았다.

저들의 수장 격인 남자로, 녹옥상단에서 상품의 유통을 맡았던 행수이다.

나는 씨익 웃으며 대답했다.

"제가 여러분과 함께할 사업은 바로 제약 사업입니다."

"제약 사업이라 하시면?"

"약을 구매하기 위해서는 어찌해야 합니까?"

"그야 당연히 의원을 찾아가, 의원에게 약을 처방받아
야…….."

나는 말을 이었다.

"그게 일반적이죠. 하지만 그건 돈이 많이 드는 일이고
일반 평민들 대부분은 그렇게 하지 못합니다. 그래서 저
는 그 일반적인 것을 바꿀 겁니다. 적어도 체해서 죽지는
말아야 할 것 아닙니까?"

내 말에 양진수 행수 일행은 고개를 끄덕였다.

실제로 살짝 체한 것이 영 풀리지 않아 결국 사망까지
이르는 경우도 많았다.

살짝 베인 것에 탈이 나 몸 한 부분을 완전히 잘라 내
어야 하는 일도 많았고.

"하긴, 자잘한 병이 큰 병이 되는 경우가 많죠."

"그래서 생각한 사업입니다. 저희는 의원의 처방이 없
어도 쓸 수 있는 약을 만들 것입니다."

그때 누군가 살짝 손을 들었다.

"질문이 있습니다."

"네."

"이미 민간에서도 사람들은 각자 알아서 약초를 캐거

나 구입하여 달여 먹지 않습니까?"

"맞습니다."

그자의 말대로 민간에는 대대로 내려오는 약재들이 있
었다.

예를 들면 잇몸이 아플 땐 옥수숫대를 삶아 먹는다든
지, 소변이 잘 나오지 않을 때 익모초를 달여 마신다든지
하는 것들이다.

"하지만 상식적으로 봤을 때 말이 되지 않는 것들도 많
지 않습니까?"

눈에 다래끼가 났을 때 새벽에 눈썹을 뽑아서 정화수에
띄우고 주문을 외운다는 등의 별 이상한 것들도 참 많았
다.

"그리고 민간의 약이 정말 효과가 있다고 해도 많이 먹
어서 오히려 탈이 나는 일도 많고요."

내 말에 그들은 고개를 끄덕였다.

"그래서 생각한 겁니다."

"잘될까요?"

"해 보지 않으면 모르지."

"하지만 그로 인해 상단도 이익을 얻고 사람들도 건강
해지면 좋은 거지."

논의가 이어졌다.

그렇게 논의하는 이들의 입에서는 상당히 전문적인 지
식이 쏟아져 나왔다.

당연했다.

왜냐하면, 녹옥상단은 바로 약재를 판매하는 상단이기 때문이다.

그런 곳에서 소싯적부터 일해 왔던 이들이니 약재에 관해서는 빠삭했다.

실제로 내 앞에 있는 이들 중에는 의원도 두어 명 있다.

그래서 내가 저들을 이 사업에 끌어들인 것이다.

미래에서도 이 사업은 다른 누군가가 생각한 것이 아닌, 내가 처음 생각했던 것이다.

실제로 사업을 시작했다.

결과는 초대박.

하지만 불과 삼 년 후, 나는 백천상단과 무림맹의 손에 죽었다.

그렇기에 안타까웠다.

전 중원으로 확장할 생각이었는데, 그걸 이루지 못했으니까.

그때 양진수 행수가 물었다.

"그런데 제가 알기로 은서호 공자는 은해상단 상단주의 삼남이라고 들었습니다."

"맞습니다."

"그리고 은해상단은 약재를 취급하는 곳이죠."

역시 철저하게 조사를 하셨군.

내가 사람은 잘 골랐네.

"그렇다면 저희의 사업이 공자가 속한 은해상단에 손해를 주는 건 아닙니까?"

그 물음에 나는 빙긋 웃었다.

"그건 걱정하지 않으셔도 됩니다. 손해가 아니라 오히려 이득이 되는 일이니까요."

"이득이라고 하시면?"

"이 호북성에서 저희 상단의 약재가 제일 질이 좋고 가격도 합리적입니다. 그리고 호북성의 약재 공급은 저희 쪽에서 꽉 잡고 있습니다. 그럼 여러분이 어디서 약재를 공급받겠습니까?"

"아!"

"그렇군요."

"공자께서 말씀하신 사업이 성업하면 할수록 은해상단 역시 약재를 더 많이 납품할 터이니까요."

"그러면 이 사업, 은해상단에서 하는 게 더 낫지 않겠습니까?"

그 물음에 나는 고개를 저었다.

"은해상단이 다 해 먹으면 욕먹습니다."

내 대답에 그들은 고개를 끄덕였다.

"일종의 차명 상단이군요."

역시 상행으로 뼈가 굵은 이들이다.

내 말뜻을 찰떡같이 알아들었다.

"맞습니다."

이전 삶에서도 이 사업은 은해상단이 아닌, 다른 차명 상단을 내세웠었다.

많은 상단에서 사용하는 방법이기도 했다.

그러니 저들이 내 말을 듣자마자 차명 상단이라는 것을 떠올린 것이다.

"그러면 상행에 대한 보고는 은해상단주님께 하면 되는 겁니까?"

"아닙니다."

"네?"

그들의 말에 나는 배시시 웃었다.

"지금 하려는 상단, 그냥 제 겁니다."

즉, 지금 하려는 사업을 벌일 상단은 차명 상단이되, 차명 상단이 아니다.

"설마, 딴 주머니를 차시려는 겁니까?"

나는 대답하지 않았다.

그렇다.

나는 지금 딴 주머니를 차려는 거다.

하지만 이 주머니는 다른 목적이 아닌, 오직 은해상단을 위한 딴 주머니다.

그러니 미래에 은해상단을 살찌울 사업 중 하나를 지금 미리 써먹는다는 것에 거리낌은 없다.

이런저런 논의가 이어졌다.

역시 약재에 관해서는 빠삭한 이들이라, 곧 구체적인 방안이 나오기 시작했다.

잠이 잘 오는 약차, 체기를 뚫어 주는 약, 벌레 물린 데 바르는 약 등등.

그리고 저들에게 그런 약을 만드는 건 일도 아니겠지.

이제 나는 슬슬 빠질 때가 되었다.

"그럼 저는 이만 일어나겠습니다."

"어디 가셔야 하는 곳이 있나 봅니다?"

"사실…… 이제 곧 근무 시간이라서 말입니다."

"네?"

나는 귀밑을 긁적이며 대답했다.

"지금 은해상단의 재경각에서 특별견습원으로 견습 과정에 있습니다."

"공자의 연치가?"

"열다섯입니다."

"……."

"견습원이니 근무 시간은 철저하게 잘 지켜야지요."

양진수 행수는 당황스럽다는 표정이었다.

"왜 그러십니까?"

"아무것도 아닙니다."

"앞으로 잘 부탁드립니다, 양진수 행수님. 아니, 양진수 상단주님."

"네? 상단주라니요? 저는 그냥……."

"제가 왜 이곳에서 비밀리에 회의를 진행했겠습니까?"

나는 그들에게 말했다.

"저는 그저 사업 자본만 댈 것입니다."

"이 사업에 전혀 관여하지 않으신다는 의미입니까?"

"알아서 잘하실 분들인데 제가 왜 첨언을 하겠습니까? 배에 선장이 두 명이면 항해가 잘되겠습니까?"

나는 저들의 능력을 안다.

그렇기에 이번 일이 성공할 것 역시 믿는다.

"저는 요청할 때만 조언을 할 생각입니다. 제 조언이 가치가 있을지는 잘 모르겠지만 말입니다."

"저희를 이곳까지 안전하게 오게 한 공자의 혜안이라면, 가치는 차고도 넘칠 겁니다."

"높게 인정해 주시니 감사하네요. 이건 계약서입니다."

나는 소매에서 계약서를 꺼내어 내밀었다.

그 계약서를 읽은 양진수 행수, 아니, 상단주가 물었다.

"초기 자본을 전부 대고, 이곳에 기반을 잡는 데 도움을 주시는데 이익은 오 할을 가져가신다고요?"

"네. 저는 이익의 반만 챙길 생각입니다. 그리고 나머지 반은."

나는 그들을 보며 말했다.

"여러분들의 것입니다."

* * *

지하에는 양진수와 일행만이 남았다.

그는 물끄러미 탁자 위에 놓인 계약서를 보았다.

그들 모두가 수결한 계약서다.

그리고 그곳에 적힌 이름 '은서호'.

그는 피식 웃었다.

이곳에 올 땐 긴가민가했지만 지금은 확실한 미래가 눈앞에 보이고 있었다.

그가 제시한 사업은 충분히 가능성이 있었다.

그리고 어느새 그들은 은서호에게 설득되어 희망찬 미래를 보고 있었다.

'참으로 무서운 공자야.'

그들은 이미 은서호가 열다섯이라는 것을 알고 있었다.

이곳에 올 때 은서호에 대해 알아봤으니까.

하지만 자신들 앞의 은서호는 열다섯이라고는 생각하지 못할 정도로 능숙했다.

마치 상당한 경험을 쌓은 상인을 보는 듯했다.

고작 열다섯인데.

그것도 상단에서 견습 과정을 밟는 중인데 말이다.

그래서 혹시나 해서 다시 한번 나이를 물어봤지만, 역시 열다섯 살이 맞았다.

"그런데 수익의 오 할이라니……."

"보통 이런 경우 수익의 칠 할을 가져가지 않나?"

다른 이들의 말에 양진수 역시 고개를 끄덕였다.

"그렇지요."

"이익 배분 비율을 보니 일할 맛이 나네요."

"게다가 간섭도 하지 않는다니."

그 말에 양진수는 피식 웃었다.

녹옥상단의 신임 상단주와의 갈등에 질린 이들이다.

만약 자신의 조언을 반드시 받아들여야 한다는 조항이 있었다면 차라리 안 하겠다고 할 이들도 있었다.

그런데 간섭도 안 하고 수익금만 받아 챙기겠다니.

은서호라는 공자는 사람을 부리는 법을 알았다.

'지금도 이런데 앞으로는 대체 어떤 괴물이 될지 궁금하군.'

그건 기대감이었다.

* * *

시간이 흘러 오월 중순에 접어들었다.

숭양현 저잣거리의 평민들이 자주 찾는 동가와 고급품이 가득한 남가가 갈라지는 경계.

그곳에 새로운 점포가 문을 열었다.

[팔인약방(八人藥房)]

그 약방을 보며 사람들은 고개를 갸웃했다.

이름을 봐서는 약을 파는 듯한데, 의원은 아닌 것이 참으로 요상했기 때문이다.

만약 의원이 진맥을 본다면 의원이라 하고, 약재를 파는 곳이면 약재상이라 할 터인데 약방이라 하니 말이다.

호기심이 강한 한 남자가 슬쩍 그곳에 들어갔다.

"어서 오세요."

그 남자를 맞이한 건 중년의 여자였다.

팔인약방은 여덟 명이 모여 만든 약방이라는 의미다.

양진수 행수를 포함한 일곱 명에, 은서호까지 해서 여덟이다.

물론 은서호의 정체는 비밀이다.

그녀의 이름은 소백연(蘇白燕).

그 여덟 명 중 하나다.

주로 고객 접대를 담당했었고, 수완이 대단하여 그 어떤 고객도 순식간에 사로잡을 수 있었다.

지금처럼.

"이곳이 궁금하셔서 오셨죠?"

"어? 그게……."

"이쪽에 앉으세요. 저희 약방에 오셨는데 약차라도 한 잔 드시고 가세요."

순식간에 그 남자의 앞에 차가 한 잔 놓였다.

"이 약차는 저희 팔인약방에서만 파는 차랍니다. 밤에 잠이 잘 오지 않아 힘드시죠?"

"어, 어떻게 알았소?"

"딱 보면 알죠. 그래서 이 차를 드린 거랍니다. 이 약차는 '쾌조차(快朝茶)'라고, 푹 주무실 수 있게 도와드리죠. 그래서 상쾌한 아침을 맞이할 수 있게 한다고 하여 쾌조차입니다."

"아……."

"한번 드셔 보세요."

남자는 차를 한 모금 마셨다. 포근한 향이 나면서 기분이 좋아졌다.

집에 돌아간 남자는 그날 정말 푹 잤다.

다음 날 아침, 아주 상쾌한 아침을 맞이한 남자는 중얼거렸다.

"아따, 그 약차 참으로 용하네."

그리고 다시금 팔인약방을 찾았다.

"그 쾌조차라는 건 얼마나 합니까?"

쾌조차를 구매할 때 그의 눈을 잡아끈 그림이 있었다.

한 사람이 답답한 듯 가슴을 두드리는 듯한 그림인데 그 아래에는 시원하다는 표정으로 서 있었다.

그리고 그 손에는 상자 하나를 들고 있었다.

딱 봐도 무얼 말하려는지 이해되었다.

"저건, 혹시 체기를 뚫어 주는 약이 있다는 그런 의미입니까?"

"네, 맞습니다."

소백연은 작은 종이 상자에 단환 하나를 담아서 내밀며 말했다.

"청위환(晴胃丸)이라고 합니다. 체하셨을 때 한번 드셔 보세요. 아이들은 반 개, 어른들은 한 개를 씹어서 물과 함께 드시면 됩니다. 혹시 드시기 어려우면 물에 개어서 드셔도 되고요."

"이건 얼마입니까?"

쾌조차도 그렇고 가격이 생각보다 저렴했다.

"청위환은 이거 드시고 효과가 있으면 그때 구입하세요. 오래 두면 상할 수도 있고, 효과가 없는데 사시면 아깝잖아요?"

그 말에 뭔가 신뢰가 생겼다.

그 남자가 나가고, 소백연은 씩 웃었다.

'도련님의 조언이 맞았네.'

점포를 마련하고, 이에 대해 은서호에게 조언을 구했다.

그래도 명색이 사업 자금을 댄 사람이니 그건 당연한 예의였다.

몰래 점포에 와서 둘러본 은서호가 말했다.

"다 좋네요. 역시 여러분과 함께하기를 잘한 듯하네요. 다만……."

"……?"

"그 홍보 문구 옆에 그림도 추가하죠. 약방의 손님이 되실 분들 중에는 글을 모르는 분들도 많습니다. 그들을 위한 배려가 돈이 될 겁니다."

"아! 그렇군요."

그래서 홍보 문구 옆에 그림을 추가했다.

그리고 약을 담은 상자에도 그림을 넣었다. 글을 모르는 이들이 오용할 것을 방지한 것이다.

그리고 그 효과를 지금 톡톡히 보고 있었다.

.

.

.

며칠 후, 그 남자의 집에 난리가 났다.

"흐윽, 흐윽!"

"아이고! 이를 어째! 단단히 체했나 보네."

"등도 쳐 보고, 배도 좀 문질러 봐."

이런저런 민간요법을 동원했지만, 아들의 체기는 좀처럼 사라지지 않았다.

그때 사내의 뇌리에 얼마 전 팔인약방에서 받아 온 단환이 기억났다.

체기를 풀어 주는 단환이라고 했다.

얼른 그 단환을 가져와 반을 쪼개 아들에게 먹였다.

약 반각 후.

"끄으윽."

아들의 입에서 트림이 나오며, 체기가 싹 가셨다.

그걸 보며 남자는 중얼거렸다.

"허! 거참! 진짜 용하네!"

다음 날, 그는 청위환도 구입했다.

* * *

점심시간이다.

나는 재경각의 각원들과 점심을 먹고 잠시 차를 마시고 있었다.

"아, 그런데 팔인약방 말입니다. 거기 약 어떻습니까?"

"아아! 그곳 말이지?"

"약이 엄청나게 잘 들던데? 나는 그곳에서 산 무좀약을 바르고 싹 나았잖아."

"윽! 너 무좀 있었냐?"

"헉……."

"그런데 그거 의원들이 문제 삼는 거 아니야?"

"처음에는 의원들이 불만을 제기했는데, 지금은 불만이 없다는데?"

"어째서?"

"약방에 아예 중한 병은 의원에게 가라고 쓰여 있고, 약방의 직원도 환자의 상태를 보거나 듣고는 의원을 찾아가 보라고 하니까."

"아!"

"그러니까 자신들은 가벼운 병증에 해당하는 약만 판다는 거지."

"밥그릇 싸움은 안 한다는 거네."

"그리고 그곳이 약재를 사는 곳은 은해상단이고."

그들의 말을 들으며 나는 속으로 씨익 웃었다.

예상대로 이 사업은 대박이 터졌다.

내 주머니에 돈이 차곡차곡 쌓이고 있었다.

13장. 헛소문에는 이렇게

헛소문에는 이렇게

    사천성의 어느 마을.

    그곳에는 단씨(檀氏)상단이 자리 잡고 있었다.

    주로 장식용 인형을 만들어 파는 곳이다.

    그들이 만드는 인형은 제법 아름다웠고, 예술적인 가치도 인정받았다.

    하여 고관대작들이나 돈 좀 있다고 하는 이들은 단씨상단의 인형으로 자신들의 진열장을 장식했다.

    그런데 얼마 전부터 단씨상단의 수입이 급격하게 감소했다.

    호북성에 기반을 두고 있는 은해상단에서 출시한 자무 인형이 그 원인이었다.

    천 개를 한정 판매하는 인형이었는데, 신기하게도 스스

로 춤을 춘다고 했다.

게다가 인형이 입은 옷은 참으로 아름다워서 그 인형과 비슷한 옷을 만들어 입는 것이 기녀들 사이에서 유행이 될 정도였다.

대체 어떤 인형인지 궁금했던 단씨상단은 자무인형 중 서시 인형을 간신히 손에 넣었다.

자신이 봐도 참으로 신기했다.

인형 뒤의 바퀴를 감으니, 정말 춤을 추었기 때문이다.

게다가 그 옷의 색감은 화려하면서도 과하지 않고, 조화롭게 잘 배치되어 있었다.

탐이 날 정도로 놀라운 솜씨였다.

그뿐만이 아니었다.

인형의 얼굴 역시 진짜 사람이 아닌가 싶을 정도로 기가 막히게 잘 만들었다.

그래서 욕심이 생겨 그 인형의 복제를 명령했지만, 돌아온 대답은 '불가능'이었다.

이에 직접 장인을 불러 물었다.

"복제가 안 된다고?"

"네, 그렇습니다. 이 인형은 대체 누가 만들었는지 모르겠지만 이 정도 솜씨면 엄청난 장인이 틀림없습니다."

장인은 고개를 절레절레 저었다.

"솔직히 다른 건 다 흉내 낼 수 있습니다. 하지만 이 바퀴들을 연결하여 연동하게 하는 이게 핵심입니다만, 그 어떤 재료를 사용해도 안 됩니다."

"그런가?"

그는 다른 장인들에게도 의뢰했지만, 모든 장인들이 손을 내저었다.

그 와중에 인형은 고장 나고 말았다.

그걸 연구하기 위해 수없이 부수고 조립하기를 반복하기를 계속했으니 당연한 일이다.

'그리고 보니, 제품 보증서를 가지고 가면 무료로 수리해 준다고 했지?'

그는 밑져야 본전이라는 생각으로 제품 보증서를 가지고 인형을 산 상점을 방문했다.

그리고 정확하게 보름 뒤, 그는 멀쩡해진 자무인형을 받을 수 있었다.

그걸 보며 단씨상단의 상단주는 두려움을 느꼈다.

흉내 낼 수 없는 기술.

심미적으로도 뛰어난 모습.

그리고 완벽한 사후 처리까지.

이대로라면 단씨상단의 인형 사업은 은해상단에게 먹혀 버릴 터.

이대로 둘 수는 없었다.

무슨 방법이든 찾아야 했다.

요즘 나는 즐거웠다.

특히 어제는 무척이나 기분이 좋았다.

어제 팔인약방의 수익에 대한 보고가 있었기 때문이다.

팔인약방은 보름에 한 번씩, 한 달에 총 두 번 정산을 하기로 했다.

이때 나의 몫도 계산된다.

그리고 어제 내가 들은 순이익과 나에게 돌아올 몫은 내 생각 이상이었다.

그만큼 팔인약방은 성업 중이다.

요즘은 의원들이 팔인약방에 자신을 홍보하기 위한 방을 붙여 놓는다고 한다.

하여 팔인약방에서는 아예 의원들이 홍보문을 붙일 수 있는 게시대를 만들었고, 손님들은 그곳을 보고 의원을 골랐다.

사실 그건 내가 생각한 거다.

그렇게 하면 서로 상부상조하는 모양새가 되면서 의원들도 텃세를 부리지 못하게 되는 거지.

약방의 소문을 듣고 다른 현에서도 찾아오고 있었다.

전 중원에 팔인약방을 내는 것이 목표다.

잔병으로 고생하는 이들은 줄고, 나는 돈을 벌고.

이 얼마나 아름답고 좋은 일인가!

그렇게 차곡차곡 쌓이는 돈은 훗날 큰 힘이 될 터다.

그러고 보니 이번에 또 새로운 자무인형 판매가 개시되겠구나.

이번 자무인형은 서시 인형에 이어 초선 인형이다.

여포와 동탁이라는 두 사내의 마음을 동시에 흔들어 버린 폐월(閉月) 초선.

그 미모를 흉내 낸 초선 인형은 내가 봐도 정말 아름다웠다.

자무인형은 팔인약방과 함께 항구적인 수입을 가져다줄 사업이다.

그러니까 좀 더 신경을 써야지.

현실에 안주하는 건 금물이다. 현실에 안주하는 순간 이익은 손해가 되니까.

그건 내가 지난 삶을 통해 경험하고 깨달은 진리다.

그나저나, 아버지는 지금 돌아오시는 중이려나?

아버지께서는 이번에 초선 인형을 들고 호북성 포정사 대인을 찾아뵙기 위해 가셨다.

엊그제가 돌아오시기로 예정된 날이었지만, 아직 오지 않으셨다.

무슨 일이지?

그때 누군가의 기척이 느껴졌다.

조영영 부관이구나.

곧 그녀의 목소리가 들렸다.

"조영영 부관입니다."

유 총관은 고개를 끄덕였고, 내가 대답했다.

"들어오세요."

곧 들어온 그녀는 살짝 포권하여 인사한 후 곧바로 용건을 말했다.

"상단주님께서 돌아오셨습니다. 지금 즉시 회의를 소집한다고 합니다. 은월각으로 가셔야 합니다."

"알겠네."

유 총관의 말에 그녀가 나를 보며 말했다.

"은서호 공자님도 오셔야 합니다."

"……저도요?"

잠시 후.

나는 유 총관과 함께 은월각에 도착했다.

이미 그곳에는 다른 각주들은 물론 이번에 소단주가 된 정호 형도 자리하고 있었다.

소단주가 되면서 정식으로 은월각의 회의에 참석할 수 있는 자격이 생긴 것이다.

"왔군. 어서 자리에 앉게. 서호 너도 앉아라."

아버지의 말에 우리는 얼른 자리에 앉았다. 아버지의 표정이 심각해 보였다.

"다 모였군. 오늘 회의를 소집한 건 심상치 않은 소문
이 돌기 때문이네."

"소문이라고 하시면?"

정호 형의 물음에 아버지가 말을 이었다.

"이번에 포정사 대인을 뵈었을 때 대인께서 '자무인형
의 소문'에 대해 언질을 주셨네. 하여 그 소문에 대해 알
아보느라 귀가가 좀 늦었네."

"……."

이 자리에 왜 내가 불려 왔는지 알 것 같았다.

자무인형을 만든 제작자의 고용주가 바로 나고, 이 일
에 깊숙하게 관여되어 있었으니까.

"그 소문이란 다름 아닌, 자무인형에 사람의 영혼이 갇
혀 있다는 것이네."

"……네?"

나는 나도 모르게 반문했다.

이전 삶에서는 없었던 일이라 당황스러웠기 때문이다.

아니, 그보다 사람의 영혼이라니?

뜬금없네.

"사람의 영혼이요? 그런 거 없는데요?"

"그래, 그런 건 없지."

아버지는 고개를 끄덕이며 말을 이었다.

"하지만 그런 소문이 퍼져 있었고, 이는 하오문을 통해
서 확인했다."

"그 소문, 어디어디에 퍼져 있나요?"

내 물음에 아버지는 지도를 펼치고, 손으로 지역을 짚어 가면서 설명해 주셨다.

이거…… 너무 곳곳에 퍼져 있는데?

아무리 생각해도 이상하다.

보통 소문은 한 곳에서 시작해서 퍼져 나가는 특징이 있다. 이렇게 동시다발적으로 여러 곳에서 퍼지지 않는다.

그 말인즉, 누군가의 공작이라는 의미다.

역시 연 각주는 즉시 그 의미를 알아차렸다.

"이거, 어떤 놈인지 모르지만 자무인형이 잘 팔려서 배가 아팠나 보네요."

"내 생각도 그러네."

"하지만 상단주님."

연 각주가 말을 이었다.

"저희는 다른 상단에서 방해할 것을 미리 예상하고 감시하고 있었지만 별다른 움직임은 없었습니다."

그녀의 말에 정호 형이 말했다.

"그만큼 은밀하게 움직였다는 의미겠군요."

가만히 듣고 있던 세풍각의 적병철 각주가 말했다.

"그것보단 감시망이 뚫린 거군요."

"나 역시 그렇게 생각하네."

그들의 말에 유 총관이 말했다.

"그보다 급한 건 예상되는 영향을 생각해 보고 이에 대한 대책을 미리 세우는 겁니다."

"그게 바로 이 회의를 소집한 목적이지."

우리는 곧 이에 대한 대책 회의를 시작했다.

이 소문은 분명 누군가 의도적으로 퍼트린 것이다. 즉, 최악의 상황을 생각해야 했다.

그 소문으로 인해 그동안 팔린 자무인형에 대한 환불 신청이 쇄도하고, 황실에서 이에 대한 조사를 명하는 등의 상황이 벌어질 수도 있다.

그럼 이 사업은 망하는 것이다.

그건 절대 안 된다.

내가 이 사업을 위해서 얼마나 개고생했는데!

문득 그런 생각이 들었다.

이 사실을 미리 알았다면 효과적으로 대처할 수 있었을 거란 생각이.

보통 상단들은 정보가 필요할 때 하오문이나 개방에 의뢰한다.

하지만 그 방식은 어떤 사건이 터진 후, 사후 처리를 위해 쓰일 뿐이다.

아무런 사건이 생기지도 않았는데, 미리 정보를 수집할 수는 없는 노릇이니 말이다.

사건 발생 방지를 목적으로 상단과 관련한 정보를 각지에서 수집하려면 사적으로 정보대를 운용해야 한다. 그리고 그렇게 얻은 정보는 더 많은 돈을 벌게 해 준다.

하지만 이는 현실적으로 쉽지 않은 일이다. 막대한 자금이 필요하기 때문이다.

천하 십대 상단 정도면 휘하에 정보대를 운용할 수 있는 재력이 될 터였다.

내가 겪은 미래에, 은해상단도 자금에 여유가 생겼을 때 별도로 정보대를 운용했다. 그리고 그것은 천하 삼대 상단 중 하나가 될 수 있는 기반을 마련했다.

당시에 운용했던 정보대가 지금 참으로 간절했다.

하지만 아직은 여유 자금이 없었다.

내 주머니에 자금이 좀 더 쌓이면 정보대를 운용할 수 있으려나?

아무튼 오늘의 회의는 몇 가지 대책을 수립하는 것으로 결론이 났다.

하지만 아직 헛소문으로 인한 피해 정도를 알 수 없었기에 시원하게 결론이 난 건 아니었다.

삼 일 후.

나는 사람들이 생각보다 소문에 쉽게 휘둘린다는 것을 다시 한번 깨달았다.

천 개의 초선 인형 중 팔린 건 고작 이백서른 개뿐이었다.

.

.

.

나는 저자에 나와 있었다.

정확하게 말하면 귀면포 노인의 잡화점에 앉아 있었고, 그런 나를 보며 노인이 혀를 찼다.

"너는 왜 허구한 날 이곳에 와서 죽치고 있는 거냐?"

"그야…….'"

나는 배시시 웃었다.

"여기가 편하니까요."

"내가 지금까지 살면서 내 옆이 편하다는 녀석은 처음 본다."

그리 타박하면서도 노인은 나에게 축객령을 내리지 않았다.

"그래서 뭐냐?"

"네?"

"무슨 고민이 있기에 그런 표정이냐는 거다."

사실 나는 내 감정을 표정으로 잘 드러내지 않는다. 그건 상인 집안에서 태어나 자라는 동안 받은 교육의 영향과 그로 인해 형성된 나의 습관 때문이었다.

하지만 노인은 그런 내 표정을 꿰뚫어 보았다.

역시 귀면포 노인의 명성은 허명이 아니구나.

"사실은요…….'"

나는 자초지종을 설명했고, 그 설명을 들은 노인은 피식 웃었다.

"원래 사람들은 소문에 잘 휘둘리는 법이지. 대책은 있느냐?"

"글쎄요. 갑자기 이런 일이 생기니까 멍해지네요."

"쯧쯧……."

내 말에 노인은 혀를 찼다.

"너를 보면 참으로 묘하다. 어떨 때는 산전수전 다 겪은 상인인 것 같다가도, 어떨 때는 평범한 소년 같으니 말이다."

"하하하."

뭐라 할 말이 없었다.

그런 모습을 보이는 건 아마도 내가 서른아홉 해나 살다가 죽어서 그런 것일 테니까.

"그리고 지금 내 눈에는 그냥 평범한 열다섯 살짜리 애가 앉아 있고."

나는 고개를 돌려 면경에 나를 비춰 보았다.

비록 보이는 건 열다섯이지만, 속은 천하제일 상단을 눈앞에 두고 있던 서른아홉이다.

그 순간 뭔가가 내 뒤통수를 후려치는 듯했다.

내가 고작 이런 방해 때문에 넋을 놓고 청승을 피우고 있었다니!

내가 겪었던 미래에는 없던 일이기에 그 충격이 더 컸던 것 같다.

진견상단은 그 어떤 방해도 받지 않고 자무인형을 잘만 팔았으니까.

하지만 그 어떤 사업이든 다른 상단에서 견제가 들어오지 않을 리가 없다.

팔인약방이 처음 이런저런 견제를 받았듯이 말이다.

분명 진견상단주도 견제를 받았을 것이다. 그리고 내가 아는 진견상단주라면 과격한 방법으로 경고를 했겠지.

이를테면, 암살이라든지 습격과 같은······.

이번 삶에서는 자무인형 사업을 내가 가져왔으니, 다른 상단에서 이를 견제하는 방식 역시 나에게 맞게 달라질 터.

이건 어느 정도 감수해야 하는 일이다.

그나저나 좀 센데?

그만큼 우리 상단의 역량을 높이 평가하는 건가?

그건 고맙네.

그때 귀면포 노인이 나를 보더니 씨익 웃었다.

"지금은 또 산전수전 다 겪은 상인이 내 앞에 앉아 있구나."

그의 말에 나는 그에게 포권했다.

"어르신 덕분에 중요한 것을 깨달았습니다. 감사드립니다."

"내가 뭘 했다고. 그럼 다시 묻지. 뭐 대책이라도 있느냐?"

"네, 어르신."

나는 씩 웃었다.

"소문에는 소문으로 맞서야죠."

"이이제이(以夷制夷)냐?"

"그것과 비슷합니다."

다시는 그 누구도 자무인형을 가지고 공격하지 못하도록 할 생각이다.

나는 자리에서 일어나 상단으로 향했다. 자세한 상황을 살피고 이에 대처해야 했으니까.

그때 한 무리의 아이들이 내 눈에 띄었다.

그들은 왁자지껄 떠들면서 내 옆을 지나갔고, 그 모습을 보던 나는 발걸음을 멈추었다.

"저거다!"

"네? 갑자기 왜 그러십니까요?"

팔갑의 물음에 나는 피식 웃었다.

"아주 좋은 생각이 떠올랐거든."

그리고 방금 떠올린 방법은 내가 이전 삶에서 써먹었던 방법이기도 했다.

누가 이런 짓을 꾸몄는지 아직 모르겠지만,

넌 죽었다, 이 자식아.

* * *

다음 날.

은월각에서 회의가 열렸고, 나 역시 회의에 참석했다.

"이번 소문의 진원지를 알아냈네."

아버지는 그리 말을 꺼내며 앞에 놓아두었던 종이를 내밀었다.

"하오문에서 보낸 서류일세."

역시 하오문을 이용하셨구나.

우리의 정보도 그곳에 들어갈 수 있기 때문에 어느 정도 추가로 손을 써야 했지만, 그래도 우리가 사용할 수 있는 정보 조직 중에서는 가장 신뢰도가 높은 곳이었다.

공밀의 거처를 알아낼 당시 받은 정보를 떠올리면 한숨이 나왔지만 말이다.

적 각주가 그 서류를 집어 펼쳤다.

"사천성이군요."

"그렇다네."

"그리고 후보지로는……."

정보단체란 늘상 받은 대금만큼의 정보만 내준다. 하오문 역시 마찬가지로 정보를 정확하고 세밀하게 주지는 않는다.

이번에도 마찬가지로 단지 의심이 가는 몇몇 상단을 알려 주었을 뿐이다.

진짜 욕 나오네.

이런 돈만 받아먹고 쓸데없는 놈들 같으니라고.

나는 마음을 가라앉히고 후보지를 살폈다. 그리고 한숨을 내쉬었다.

어딘지 알 것 같았기 때문이다.

단씨상단.

여기밖에 없다.

함께 서류를 보던 연 각주가 말했다.

"여기군요, 단씨상단."

"나 역시 그렇게 생각하네."

다른 분들의 생각도 마찬가지구나.

"역시 단씨상단에서 일을 벌인 것 같군."

나는 속으로 피식 웃었다.

"그 욕심 많은 영감탱이라면 당연히 그럴 만하죠."

연 각주가 말을 이었다.

"문제는 대체 어디서 감시망이 뚫렸는지죠."

그곳은 장식용 인형을 만드는 상단 중 한 곳으로, 우리
상단에서 주시하고 있던 곳이기도 했다.

그런데 그 감시망이 뚫렸다고?

그 말인즉, 사천성에 있는 은해상단의 지부에 뭔가 문
제가 생겼거나 아니면 단씨상단이 우리의 감시망을 피할
정도로 은밀하게 움직였다는 의미다.

"혹시 다른 조력자가 있는 걸까요?"

정호 형의 말에 아버지가 고개를 끄덕였다.

"그럴 가능성도 있지. 현재로서는 그 무엇도 판단할 수
없으니…… 지금 당면한 문제는 자무인형에 대한 괴소문
에 대응하는 방법인데……."

아버지의 말에 모두 한숨을 내쉬었다.

"이미 시작한 사업인 데다가 앞으로 거의 항구적인 수입을 가져다줄 사업을 이대로 접기는 참 아깝지 않나?"

그러면서 슬쩍 나를 보셨다.

아무래도 나를 염두에 두고 계신 듯했다.

사실, 은해상단이 여기까지 커 올 수 있었던 이유는 신뢰를 가장 큰 덕목으로 삼은 덕분이다.

솔직히 우리 은해상단에게 좀 부족한 것이 있었다.

그건 바로 계책(計策)을 생각해 내는 힘이다.

은해상단이 더 큰 상단이 되기 위해서는 계(計)를 생각해 내는 능력이 필요했다.

그걸 알기에 정호 형이 상단주가 되었을 때 내가 자청한 역할은 바로 계책을 생각해 내는 것이었다.

내 적성에 잘 맞기도 했고.

그리고 만년 천하 백대 상단 중 말석에 머물던 우리 상단은 더 높은 곳으로 올라가기 시작했다.

나는 은해상단의 이들이 좋다.

그러니까 저들을 위해서라도, 그리고 은해상단을 위해서라도 계책을 생각해 내는 건 이번에도 내가 담당할 생각이다.

그렇다고 상단이 가장 중요시하는 신뢰를 저버리겠다는 의미는 아니다.

신뢰.

그것이야말로 상인이 마지막까지 지켜야 할 덕목이며, 상인의 구명줄이니까.

나는 아버지를 보며 말했다.

"아버지, 소자가 한 말씀 드려도 될까요?"

"그래, 무엇이냐?"

"소자에게 좋은 방도가 있습니다."

나는 내가 생각해 온 계책을 설명했고, 아버지는 물론 다른 이들도 고개를 끄덕였다.

"좋구나."

"나쁘지 않은 방책입니다."

아버지의 말에 다른 이들도 동의했다. 그리고 정호 형은 감탄스러운 표정으로 말했다.

"너는 대체 어떻게 그런 수를 매번 생각해 내는 것이냐?"

정호 형이 말을 이었다.

"전에 화연루의 전대 루주가 재경각에 불을 지르는 불의한 짓을 벌였을 때 이가난진(以假亂眞)의 계책을 생각해 낸 것도 너라고 들었다."

"하하하."

나는 귀밑을 긁적였다.

칭찬을 들으면 어쩐지 귀밑이 가려워지는 것을 보니 칭찬에 대한 두드러기가 있나 보다.

아버지가 나를 부르셨다.

"서호야."

"네, 아버지."

"그런데 네가 말한 계를 실행하기 위해서는 한 가지 전제되어야 하는 조건이 있다. 뭔지 아느냐?"

"네, 물론 압니다."

나는 말을 이었다.

"믿을 만한 자가 이 일을 진두지휘해야 한다는 겁니다."

"더군다나 지금 사천성에 있는 상단 지부의 사람이 저들에게 매수되어 있는 상황 또한 배제할 수 없으니, 더더욱 믿을 만한 자가 가야지."

"맞습니다."

"그리고 변하는 상황에 맞추어 재빨리 움직일 수 있어야 하고."

아버지의 말에 유 총관은 한숨을 내쉬었다. 그리고 적각주는 그런 유 각주를 보며 웃었다.

연 각주도 피식 하며 유 총관에게 말했다.

"어쩌겠어요? 보조원이 너무 유능한 것을요."

그 말인즉…….

"그러니 서호야. 사천성에 다녀오거라."

내 예상대로 아버지께서는 내게 사천성에 갈 것을 명하셨다.

사천성은 천혜의 요새나 다름없는 곳으로, 거기까지 빠

르게 가려면 험준한 장강삼협(長江三峽)을 배를 타고 들어가거나 좁고 위험한 산길인 검각을 통과하거나 사천분지의 서쪽 밀림을 통과해야 했다.

물론 섬서성을 통과하는 방법도 있지만, 시간이 오래 걸린다.

이 일은 재빨리 진행해야 하는 일이고.

즉, 이번 여정은 고생길인 것이다.

차라리 유 총관의 집무실에서 종일 서류를 들여다보는 게 백배 나을 정도다.

그럼에도 나는 사천성에 가야 했다.

이 일이 없었어도 어차피 사천성에 갈 생각이었다.

그런데 이런 일이 생겼으니 내심 잘됐다는 생각도 들었다.

하지만 내 대답이 늦어지자 다른 이들에게는 망설이는 것으로 보였나 보다.

고 외총관이 말했다.

"사실 진호 도련님을 보내는 것도 방법이긴 합니다. 하지만 도련님이 생각하셨을 때, 진호 도련님께서 상황에 맞추어 노련하게 움직일 수 있을까요?"

진호 형은 사람이 참 좋기는 하지만, 불의를 참지 못했다.

의협심과 정의감이 넘쳐서 문제라고나 할까.

"……검을 빼 들고 사고나 치지 않으면 다행이지요."

역시, 진호 형의 검술 스승이라 그런지 고 외총관은 형을 너무 잘 알았다.

아버지가 말을 이으셨다.

"이번 계책의 목표는 최대한 조용히 처리하는 것이다. 그래야 구매자들에게 거부감을 주지 않을 수 있으니까."

아버지는 내 계책을 듣고 그걸 꿰뚫어 보셨다.

무언가의 본질을 꿰뚫어 보는 능력.

그것이 아버지의 가장 큰 능력이다.

그 능력 덕분에 우리 상단이 여기까지 올 수 있었겠지.

"그러니 다녀오거라."

정호 형이 끼어들었다.

"사실 내가 가고 싶긴 하지만, 형은 바쁘다."

"……."

하긴, 지금 정호 형은 새로운 사업을 맡아 처리하느라 눈코 뜰 새 없이 바쁘겠지.

가장 믿을 만한 사람.

상황에 맞춰 움직일 수 있는 사람.

그만한 권한이 있는 사람.

가장 한가한 사람.

여기에 모두 해당되는 사람은, 진짜 나밖에 없다.

그러니 내가 가게 될 것을 예상한 것이다.

"그리고 네가 생각한 계책이니, 네가 가장 잘 알겠지. 안 그래?"

정호 형의 말에 아버지는 고개를 끄덕였다.

"다녀와라."

"네, 아버지."

* * *

사천성.

단씨상단의 상단주는 자신의 집무실에서 보고를 듣고 있었다.

"하여 현재 은해상단은 자무인형을 팔지 못해서 그 손해가 큰 듯합니다."

"그렇겠지."

"그나저나 참으로 절묘한 수입니다."

단씨상단이 은해상단의 자무인형으로 인한 손해에 대항한 방법은 간단했다.

자무인형이 팔리지 않게 하는 것이다.

그리고 이를 위해 자무인형에 관해 괴소문을 퍼트렸다.

자무인형은 진짜 사람처럼 너무나도 정교했다.

그렇기에 사람의 영혼이 들어가 있다는 그런 소문에 사람들은 그럴듯하다고 여긴 것이다.

뭔가 꺼림칙함을 느낀 사람들은 인형을 구입하지 않았다. 자신의 생각대로 말이다.

"이번 일이 성공한 건 그자 덕분입니다."

"그렇지. 그자가 은해상단에서 우리를 주시하고 있음을 알려 주었으니까."

"그리고 우리의 행동을 묵인해 주기까지 했죠. 이거 톡톡히 챙겨 줘야겠습니다."

"그렇게 하도록. 하지만 우리의 그 어떤 정보도 주어서는 안 된다는 점을 명심하도록 하고."

"물론이죠."

한 번 배신한 자는 또다시 배신하는 법이다.

"그런데 문제는, 이에 대해 은해상단에서 어찌 나올 지입니다."

"은해상단은 이 사업을 접겠지."

"투자한 것이 있는데 쉽게 사업을 접겠습니까?"

"소문이라는 것은 그리 쉽게 잠재울 수 있는 것이 아니야. 그 소문은 계속해서 자무인형을 따라다닐 테고, 그리되면 관에서 조사를 나올 텐데?"

"아!"

"은해상단의 상단주도 그걸 알고 있을 텐데 계속해서 사업을 지속하겠나?"

"그렇군요. 하지만 그럼에도 사업을 접지 않으면 그때는 어찌합니까?"

"그땐 관에서 조사가 들어가고, 그 와중에 우리는 핵심 부품의 제조법을 알 수 있겠지."

"아!"

자무인형을 복제하는 과정에서 그들의 발목을 잡았던 것이 바로 그것이다.

핵심 부품의 제조법.

"그것이 있으면 그것과 비슷한 인형을 만들어 낼 수 있어."

"그럼 우리가 뿌린 똥을 우리가 뒤집어쓰게 되는 것 아닙니까?"

"그렇게 생각되겠지만, 사람의 모습만 하지 않으면 되는 거야."

그는 씩 웃었다.

"사람들은 생각보다 단순해서, 보이는 것만 다르면 다른 것이라고 생각하니까."

"오! 과연! 그렇군요!"

단씨상단주와 그의 부관은 씨익 웃었다.

그들 앞에는 무지개 같은 미래가 찬란하게 빛나고 있었다.

* * *

다그닥, 다그닥.

말발굽 소리가 규칙적으로 들렸다.

지금 나는 말을 타고 사천성으로 향하고 있다.

내가 사천성에서 쓸 짐과 함께 내가 타고 있어야 할 마차는 저 뒤쪽에서 오고 있었다.

말을 타고 먼저 사천성으로 가는 이유는 절대 마차가 불편해서가 아니다.

내가 생각한 계책을 실행하고, 동시에 사천성에 있는 은해상단의 지부를 살펴보기 위해서였다.

혹시라도 은해상단의 지부에 단씨상단과 손을 잡은 이가 있다면, 내가 왔음을 저들에게 알릴 터.

그러면 내 계책이 방해를 받을 수도 있다.

하여 나는 내가 사천성에 가는 것을 극비리에 진행시켜 달라고 요청했다.

아버지 역시 내 말을 옳게 여기셨고.

여기서 나는 한술 더 떠서 앞서 사천성으로 향하고 있는 것이다.

"아이고, 도련님. 언제쯤 쉬었다가 가시는 겁니까요?"

팔갑의 말에 나는 고개를 살짝 돌리며 물었다.

"왜? 힘들어?"

"엉덩이가 얼얼해 뭐지겠습니다요."

"그런 말 하는 것치고는 말을 잘 타는데?"

나는 피식 웃었다.

시종과 하인은 엄연히 다르다.

시종은 윗전을 바로 옆에서 보필하는 자이기에 그에 맞추어 각종 소양을 익히고 있어야 한다.

팔갑이 곰처럼 어수룩해 보여도, 은해상단에서 한자리

차지하고 있는 행수의 아들이다.

그리고 일찍부터 조부님께서는 팔갑에게서 시종의 자질을 발견하여 시종으로 키웠고, 후에 내 시종이 된 것이다.

그래서 말타기는 기본이고, 권법에, 검술도 조금 사용할 수 있었다.

그때 나를 호위하기 위해 따라온 은풍대의 무사가 말했다.

"팔갑 소이의 말대로 조금 쉬어가는 것이 좋을 듯합니다."

만약의 상황에 대비하여 은풍대 이 조가 따라오고 있었다.

그리고 그들 중 두 명이 차출되어 나를 호위하고 있었는데, 여응암과 이필이라는 무사였다.

그나저나 여응암 무사가 자주 내 호위무사를 맡게 되는구나.

"제때 휴식을 취하지 않으면 사천성에서 힘드실 겁니다."

하긴…….

사천성은 매우 덥고 습한 기후로 사람을 기운 빠지게 한다.

그래서 이열치열로 뜨겁고 매운 음식이 발달한 것이다.

"그럼 조금만 쉬었다가 갑시다."

"네."

우리는 앞에 보이는 나무 아래에서 잠시 쉬기로 했다.

"워워."

나무 아래에 도착하여 말을 옆에 매어 놓았다. 그사이 팔갑은 잽싸게 자리를 펴 놓았다.

"여기 앉으시면 됩니다요."

"고마워."

"그리고 만두 어떠십니까요?"

생각해 보니, 좀 출출했다. 그리고 사천성에 도착하자 마자 어떤 일이 벌어질지도 모르는 일이다.

그러니 지금 시간이 있을 때 먹어 두어야지.

"먹자."

"네."

나는 여응암 무사와 이필 무사에게도 만두를 권했다.

그렇게 넷이서 둘러앉아 만두와 차를 먹고 있을 때였 다.

순간 뭔가 불쾌함이 느껴졌다.

그건 역겨움이었다.

제갈세가에 갔을 때 느껴 본 적 있는 그 역겨움.

그 말인즉, 이 주변에 흑도가 있다는 의미다.

나는 즉시 자리에서 일어나 허리에 매고 있던 검의 검 병을 잡았다.

그런 나의 행동에 두 호위무사 역시 검병에 손을 올렸 다.

"왜 그러십니까?"

"이 근처에 누군가 있는 듯합니다."

그때 여응암 무사가 잠시 눈을 감았다가 뜨고는 말했다.

"저쪽이군요."

그가 가리킨 곳은 내가 누군가의 기척을 느낀 곳이다.

"어떻게 할까요?"

여기서 가장 좋은 건 얼른 자리를 뜨는 것이다.

괜히 부딪혀서 피를 보는 건 좋은 일이 아니니까.

그래서 자리를 뜨려고 했다.

"살려 주세요!"

한 아이의 목소리가 들리지 않았다면 말이다.

나는 호위무사들을 보았다.

내 시선에 그들은 고개를 저었다.

"저희의 최우선은 도련님의 안전입니다."

"압니다."

하지만 어찌 사람으로서 살려 달라는 아이의 목소리를
외면하고 자리를 뜰 수 있단 말인가!

그럴 능력이 없는 것도 아닌데.

"그래도 아이를 구하고 싶습니다."

내 간절한 부탁에 그들은 고개를 끄덕였다.

"알겠습니다."

"도련님께서는 본인의 안전을 먼저 생각하십시오. 아
이를 구하는 건 저희가 하겠습니다."

"저에게 좋은 생각이 있습니다."

나는 그들에게 내 작전을 이야기했다. 두 무사는 잠시 고민했지만, 고개를 끄덕였다.

"그게 나을 듯하군요."

"대주님께서 도련님의 무공이 이류 정도는 된다고 하셨으니 도련님의 말대로 하겠지만, 그래도 절대 무리하시면 안 됩니다."

"알겠습니다."

곧 우리는 아이의 목소리가 들려온 곳으로 향했고, 한 무리의 이들을 마주했다.

"흑도의 무리군요."

역시 흑도였다.

역겨움이 계속해서 나를 괴롭혔지만, 그래도 예전에 비하면 참을 만은 하다.

그러고 보니 사부님께서 내공이 늘어날수록 점점 괜찮아질 거라고 하셨지.

흑도들의 수는 네 명.

하지만 특별히 강한 이는 없다.

그렇다면 해볼 만하다.

일고여덟 살 정도로 보이는 아이가 그들의 손길을 거부하며 저항하고 있었다.

"싫습니다! 나를 어디로 데려가려고 하는 겁니까?"

"아주 좋은 곳에 데려다준다니까."

"싫습니다! 살려 주세요! 살려 주세요!"

"흐흐흐, 그렇게 소리쳐도 아무도 없어. 이곳은 사람들이 잘 다니지 않는 곳이거든."

그 말이 맞긴 하다.

그래서 내가 일부러 이쪽으로 온 것이니까.

순간 나는 의문이 들었다.

말투도 그렇고 외모도 그렇고, 부잣집에서 잘 배운 티가 나는 아이다.

그런 아이가 왜 평민들이나 입는 면포로 만든 옷을 입고 있을까?

옷매무새를 보면 억지로 입힌 옷은 아니다.

그리고 저 나이의 아이가 어떻게 이 깊은 숲속까지 혼자서 왔을까?

그때 여응암 무사가 작은 목소리로 내게 속삭였다.

"저 옆에, 한 여자가 죽어 있군요."

그가 가리키는 곳을 보자, 한 여인이 쓰러져 있었다.

그녀는 등에 칼을 맞아 죽은 듯했는데 입은 옷이 아이와 달리 고급스러웠다.

결국 그들은 아이를 제압하는 데 성공했고, 질겨 보이는 천으로 만든 줄로 꽁꽁 묶었다.

"아, 마비산이나 수면산을 쓸 수 있으면 좋을 텐데."

"어쩌겠냐? 애새끼의 체질이 그런 거 안 듣는 체질이라는데."

"됐습니다. 이제 출발하죠."

"얼른 가자. 늦으면 그 새끼들이 지랄한다."

"그자들도 참 징하네요. 저희 같은 놈들이랑 손을 잡고 일을 하다니요."

"대놓고 납치를 어떻게 하겠냐?"

"하긴, 이런 일은 저희가 전문이죠."

"그래도 입을 다무는 대가로 꽤 챙겨 준다고 하니까 기대해 보자고."

그들은 고개를 돌려 죽은 여자를 보았다.

"그 전에 저 여자를 처리하지."

"하긴, 이년 덕분에 저 도련님을 수월하게 손에 넣을 수 있었으니까요."

그들은 구덩이를 팠고, 죽은 여자의 시신을 끌고 와 저고리의 옷고름을 검으로 베었다.

하는 짓을 보니 진짜 흑도는 흑도다.

더는 못 보겠다는 생각이 들어 고개를 돌려 보니, 내 옆의 두 무사의 두 눈이 더욱 싸늘해져 있었다.

기회를 노리고 있던 것이다.

역시 무림에서 살아남기 위해서는 냉철한 면도 있어야 하나 보다.

흑도의 무리들이 딴짓하느라 무기에서 손을 뗀 그때, 그들은 행동을 개시했다.

슉!

슉슉!

먼저 이필 무사가 암기로 그들에게 부상을 입혔다.

암기는 정확하게 그들의 목과 손목에 박혔다. 생각보다 암기를 다루는 솜씨가 대단했다.

"젠장!"

"들켰나?"

"당가에서 눈치챈 모양입니다!"

그런데 암기를 본 저들의 반응이 이상했다.

당가? 여기서 당가가 왜 나와?

아무튼, 그게 신호였다.

두 무사는 그들을 향해 달려갔고, 곧 냉병기 부딪치는 소리가 요란하게 들렸다.

나는 그 틈을 타서 팔갑과 얼른 마차로 달려갔다.

무사들이 흑도인들의 시선을 끄는 동안 아이를 구출하는 것이 내가 생각한 작전이다.

팔갑은 얼른 아이를 안아 안전한 곳으로 달려갔다.

그사이 두 호위무사는 내가 가세하기도 전에 네 명의 흑도들을 전부 제압했다.

생각보다 실력이 있는 이들이다.

그래서 이 조 조장이 이들을 데리고 가라고 한 거구나.

"끝났습니다."

"제 무리한 청을 들어주셔서 감사합니다."

"별말씀을 다 하십니다."

"사실 저희도 외면하기 힘들었습니다."

나는 고개를 돌려 아이를 보았다. 어느새 팔갑은 아이의 몸을 감은 천과 재갈을 풀어 주고 있었다.

"괜찮니?"

내 물음에 아이가 물었다.

"귀하는 누구십니까? 그리고 저들과 무슨 관계가 있습니까?"

역시.

말하는 것을 보니 부잣집의 귀한 자식이라는 티가 확 났다.

"내 이름은 은서호. 은해상단이라는 곳에서 일하는 사람이야. 그리고 저들과의 관계라……?"

나는 기절한 채 나무에 묶여 있는 흑도들을 돌아보며 씩 웃었다.

"저들을 때려잡은 사람. 이거면 대답이 되었을까?"

"그럼 귀하가 저를 구하신 겁니까?"

"맞아. 네가 살려 달라고 소리쳤잖아. 그 소리를 듣고 온 거지."

내 말에 아이는 제법 의젓하게 포권했다.

"귀하의 말이 사실이라면, 제 목숨을 구해 주신 것에 정말 감사드립니다. 저희 가문에서 귀하에게 사례할 겁니다."

그 말에 나는 피식 웃었다.

"그런 거 필요 없어. 그런 걸 바라고 한 행동도 아니고. 그냥 네가 납치된 것 같아서 구한 것뿐이야."

"네?"

"누군가 위험에 빠졌을 때 구할 능력이 있다면 마땅히 이를 행해야 하잖아."

"어……."

내 말에 아이는 당황한 듯했다.

"그래도 보답을……."

"정 보답하고 싶으면, 너도 나중에 커서 위험에 빠진 누군가를 봤을 때 그를 구할 능력이 있다면 외면하지 않았으면 해. 그거면 보답이 될 것 같네."

내 말에 아이는 반짝이는 눈으로 나를 바라보았다.

뭐, 뭐지?

왜 갑자기 저런 눈으로 나를 보는 거지?

"그나저나 관에 알려야겠네."

그때 아이는 어딘가로 터벅터벅 걸어갔다. 그가 멈춘 곳은 여자의 시신이다.

아이는 잠시 여자의 시신 앞에서 묵념했다.

나는 그걸 기다렸다가 물었다.

"아는 여자니?"

"제 유모입니다. 제 앞에서 유모를 죽이더군요."

"……."

"오늘 저에게 평민들의 삶을 직접 체험해 보자면서 이

옷을 입혀 주었고, 이렇게 나왔습니다."

나는 일의 전말을 알 것 같았다.

저 흑도들은 아이의 유모에게 아이를 눈에 띄지 않는 옷을 입혀 데리고 오라 지시했던 거다.

그런데 보통 유모를 데리고 있을 정도면 호위무사가 있을 텐데?

"호위무사는?"

내 물음에 아이는 고개를 저었다.

"저도 잘 모르겠습니다."

나는 한숨을 내쉬며 네 명의 흑도무사들을 향해 다가갔다.

그리고 발을 들어 한 놈의 배를 퍽 하고 찼다.

"크헉!"

"정신 좀 드나요?"

"누, 누구?"

"내가 누군지 알 건 없고, 뭐 하나 물어보려고요."

아이를 구했지만, 아직 어떤 위험이 남아 있는지 모르는데 함부로 혼자 보낼 순 없는 노릇이다.

이왕이면 마지막까지 안전을 확인해야 했다.

"흥! 내가 대답해 줄 것 같……."

그때, 여응암 무사가 검을 빼 들더니 순식간에 그의 허벅지에 칼침을 놓았다.

푸욱!

"으아악!"

여응암 무사는 생긋 웃었다.

"이런 놈은 매가 약입니다."

칼침의 효험이 있었는지 그 흑도는 식은땀을 흘리며 내게 말했다.

"뭐든 말씀하십시오."

"저 아이의 유모는 어떻게 매수한 거죠?"

"그, 그러니까…… 유모의 아이를 납치…… 끄아악!"

여응암 무사는 아직 뽑지 않은 칼침을 비틀어 버렸다.

사실 내가 하고 싶었는데…….

"잘했어요."

나는 그에게 칭찬하며 다시 흑도 무사, 아니, 납치범에게 물었다.

"그럼 아이의 호위무사는 어떻게 따돌렸습니까?"

"그건 저 녀석들이 일부러 일을 만들어서……."

"바람잡이 역할을 해서 호위 대상자를 놓치게 만들었다는 겁니까?"

"그, 그런 거죠. 헤헤헤. 이제 대답이 다 되었으면 제발 이 검을 좀……."

"마지막으로 하나만 더 묻죠."

"뭐, 뭐든 말씀하십시오."

"이 일을 시킨 자들, 누굽니까?"

"네?"

"누군가의 사주를 받고 이런 일을 하는 것 같은데……?"

내 말에 그는 아무 대답도 못 하고 식은땀만 삐질삐질 흘렸다.

"조금 더 피를 봐야겠습니다."

대답이 늦어지자 여웅암 무사는 인정사정없이 그의 허벅지에 꽂혀 있던 검을 비틀었다.

"끄아아아악!"

그는 결국 고통을 이기지 못하고 실토했다.

"혀, 형인문……."

뭐?

형인문이라고?

내 기억에 있는 이름이다.

나는 확실하게 하고자, 아이에게 물었다.

"너 혹시, 사천당가의 아이니?"

내 물음에 아이는 살짝 경계하며 대답했다.

"그, 그렇습니다만, 어찌 아셨습니까?"

"그건 몇 가지만 추론해 보면 알 수 있는 거란다."

사천에서 당가(唐家)는 사천당가(四川唐家)를 뜻한다.

암기술에서는 타의 추종을 불허하는 무가이다.

이필 무사가 암기를 던졌을 때 '당가에서 눈치챈 모양이다'라고 했던 이유가 이것이다.

지레짐작한 거다.

그리고 사천당가를 대표하는 무기가 또 하나 있었으니

바로 독이다.

사천당가가 자리 잡은 서쪽은 울창한 원시림이다.

덕분에 독물이든 독초든 채집하고 분석하여 사용하는 방법을 터득한 것.

하여 세 발자국을 걷기도 전에 창자가 끊어져 죽는다는 삼보단장(三步斷腸) 같은 극독으로도 유명했다.

그래서 아이에게 마비산이나 수면산 같은 것을 사용하지 못한 거다.

독을 사용한다는 건, 자신은 중독되지 않고 상대만 중독시키는 것이 기본 전제이다.

이를 위해서 어릴 때부터 독에 대한 내성을 길렀으니, 그런 것이 효과를 볼 리가 없다.

만약 효과를 볼 정도로 사용한다면 아이의 목숨이 위험할 테니까 그것도 곤란하겠지.

하지만 아이는 아직 의심을 거두지 않고 있었다.

역시 무림의 대명문세가의 아이답네.

전에 만났던 제갈유아가 말해 준 것이 기억났다.

그 어떤 것에도 의심을 거두지 않도록 교육을 받는다고 했다.

순간 내가 알고 있는 한 가지 정보가 떠올랐다.

대명문세가의 자제들은 아주 어릴 때 팔 안쪽에 표식을 새긴다는 것이다.

훗날 뭔가 일이 생긴다고 해도 혈육을 찾을 수 있도록

말이다.

"아까 널 구할 때 봤어. 팔 안쪽에 문신이 있더라. 그거 사천당문의 사람임을 나타내는 거잖아?"

"어……."

"그래서 확신했지."

그제야 아이는 의심을 풀며 고개를 숙였다.

"그러셨군요. 의심해서 죄송합니다."

"아니야. 당연히 그래야지."

한편, 나는 속으로 한숨을 내쉬었다.

내 앞의 아이가 사천당가의 아이가 확실하다는 것이 확인되었다.

납치.

사천당가.

그리고 형인문(炯人們).

이 세 가지가 조합되자 내가 알고 있던 어떤 사건 속에 내가 들어와 있음을 확신할 수 있었다.

어느 날, 사천당가의 금지옥엽이 실종되었다.

실종된 아이는 다름 아닌 사천당가 가주의 늦둥이 막내 아들이었다.

사천당가는 전 중원을 뒤지며 수색을 벌였고, 그와 동시에 각 상단에도 수색에 관한 협조문을 보냈었다.

그 덕분에 실종 사건에 대해 알게 되었다.

그렇게 오 년이 흘렀다.

아이는 찾지 못했고 모두가 지쳐 가고 있을 때, 무림맹에서 형인문이라는 문파를 급습했다.

인신매매에 가담했다는 이유다.

그들은 백도의 탈을 쓴 흑도들이 세운 문파로, 실제로 인신매매를 비롯한 수많은 범죄를 저지르고 있었다.

그리고 무림맹은 그곳에서 사천당가의 실종되었던 늦둥이 막내아들을 발견했다.

그들이 납치한 것이다.

납치되었던 아들을 되찾아 주고, 아들을 찾기 위해 소모했던 재력을 회복할 수 있도록 각종 이권까지 몰아주었다.

사천당가가 무림맹을 열렬히 지지하게 된 건 당연했다.

그런데 알고 보니 이 형인문이라는 곳은 사실 무림맹에서 만든 세력이었다.

훗날 백천상단과 경쟁을 벌이면서 그들의 뒷조사를 한 적이 있다.

그때 확실히 알게 되었다.

백천상단과 형인문이 연이 닿아 있음을.

즉, 형인문은 무림맹이 비밀리에 세운 문파였던 거다.

그러니까, 이 납치 사건은 무림맹에서 사천당가의 지지를 얻기 위해 꾸민 자작극이라는 것이다.

그럼 나는 그 자작극을 방해한 건가?

왠지 모르게 통쾌하긴 하네.

나는 아이를 집에 직접 데려다주기로 했다.

　원래 관에 맡기고 가려고 했지만, 흥수가 무림맹이라는 것을 알게 된 지금은 방심할 수 없다.

　아이의 납치가 실패했다는 것을 저들이 알게 되면, 아이는 다시 납치당할 테니까.

　그 꼴은 못 보지.

　그러니 직접 집에 데려다줘야 할 듯했다.

　저들이 아이의 유모를 협박하여 이런 일을 저질렀다는 것은 아직 사천당가를 장악하지는 못했다는 의미니까.

　그러니 최소한 집은 안전하다는 거다.

　어차피 가는 길이기도 하니까.

　나는 사천당가의 아이를 보며 말했다.

　"그럼, 이제 집으로 가자."

　.

　.

　.

　"워워!"

　우리는 사천당가의 대문 앞에 도착했다.

　아이를 말에서 내려 주자, 이를 본 문지기가 놀라 달려왔다.

　"도련님!"

　"조웅 도련님!"

　당조웅(唐助雄)이라는 이름에, 나는 내가 구한 아이가

그 납치 사건의 당사자임을 확인할 수 있었다.

나는 그 문지기에게 말했다.

"사람을 불러 댁의 아이를 어서 안으로 들여보내도록 하십시오. 많이 놀랐을 겁니다."

아이가 말을 이었다.

"납치될 뻔한 것을 여기 소협께서 구해 주셨다."

"네?"

"흐익!"

두 문지기는 깜짝 놀랐고, 즉시 종을 쳐서 긴급 상황임을 안에 알렸다.

"뒤의 마차에는 흉수들이 실려 있소이다."

아이를 납치하려고 했던 이들 역시 함께 사천당가로 데리고 왔다.

그래야 여러모로 일 처리가 쉬워질 듯해서였다.

앞으로 그들이 받게 될 고초가 예상되긴 했지만, 그건 내가 알 바 아니다.

바퀴에서 전해지는 충격에서 보호해 줄 짚 같은 건 싹 걷어 버린, 허름한 마차에 실려 오느라 이리 구르고 저리 구르면서 생긴 상처도 뭐 내 알 바가 아니고.

"그리고……."

나는 팔갑을 보았고, 팔갑은 마차 위에서 천으로 돌돌 감은 시신을 바닥에 내려놓았다.

이를 본 문지기가 의문을 표하자, 당조웅이 나서서 말

했다.

"내 유모다."

"⋯⋯."

"저들이 유모의 아이를 납치하여 나를 데리고 오라 지시했고, 유모는 저들의 손에 죽었다."

당조웅은 나이답지 않게 침착한 표정으로 담담하게 상황을 설명했다.

그 지나치게 이성적인, 아이답지 않은 모습이 마음에 걸렸다.

지금 당조웅은 억지로 자신의 감정을 억누르고 있다.

이건 좋지 않다.

감정이라는 건 끝까지 억누를 순 없다.

결국, 몸이든 정신이든 어딘가에 영향을 미칠 수밖에 없다.

내가 오래 산 건 아니지만, 지난 삶을 되돌아봤을 때 그런 사람들이 몇몇 있었다.

그중 하나가 내 앞의 당조웅이다.

이래서 그렇게 되었구나.

훗날, 당조웅은 상당히 잔인한 성격이 되었다.

사람을 아주 잔인하게 죽이는 독만 골라 썼고, 아이를 납치하는 집단에 대해서는 산 채로 불에 구워 죽이는 그런 잔혹한 짓을 저질렀다.

특히 자신을 구해 준 무림맹을 위해서라면 어떤 일에든

앞장섰고, 이후 무림맹에서 자신을 버렸음에도 '은혜를 갚을 수 있게 기회를 주어 감사했다'라고 웃으며 죽었다고 했다.

이번에는 무림맹이 구한 것이 아니니 그런 일은 없겠지만, 최소한 잔인한 성격이 되지는 않았으면 했다.

지난 삶에서 납치당해 형인문에서 오 년이나 억류당해 있으면서 극도의 공포와 두려움을 억눌러 온 탓에 그리되었으리라 짐작할 수 있었다.

여덟 살 아이가 얼마나 무서웠겠는가?

그러니 지금 억누르고 있는 감정은 한 번 크게 터트려 줘야 했다.

그래야 나중에 엉뚱한 방향으로 터지지 않겠지.

그리고 무림인에게 가장 경계해야 할 건 심마다.

이대로 두면 분명히 이 경험은 심마가 되어 당조응의 발목을 잡을 것이다.

엄청난 재능으로 기대를 받았지만, 결국 초절정의 벽을 넘지 못하고 죽었던 이전의 삶처럼.

이 아이에게 그런 미래라니!

그건 싫다.

나는 당조응의 어깨에 손을 올렸다. 그러고는 무릎을 굽혀 눈을 마주했다.

"이제 집에 왔어."

"네. 저를 구해 주시고 여기까지 데려다주신 것에 감사드립니다."

"너는 지금 돌아왔어. 그리고 지금 살아 있어."

"……."

"이제 곧 부모님과 가족들을 만나겠지."

내 말에 당조웅의 눈시울이 붉어졌다.

"너는 죽지 않았고, 가족들을 만날 수 있어."

"……."

"너는 지금 살아 있어."

"……."

"내 말, 따라 해 봐. 나는 지금 살아 있다."

"나는…… 지금…… 살아 있다."

"다시 한번 해 보자."

당조웅은 내 말을 몇 번이고 따라 했고, 점차 눈가에 눈물이 맺히기 시작했다.

결국, 당조웅은 울음을 터트렸다.

"으흐윽!"

"그래그래, 많이 무서웠지?"

"무서웠습니다. 죽을까 봐. 그래서 다시는 가족을 보지 못할까 봐, 무서웠습니다."

그렇게 당조웅은 내 품에 안겨 펑펑 울었다.

이제 안심이다.

그래, 이 정도면 이번 일로 인한 안 좋은 기억은 최대한 털어 낼 수 있을 것이다.

저 멀리서 누군가 달려오는 기척이 느껴졌다.

당조웅은 얼마나 울었는지 기진맥진하다가 결국 잠이
들어 버렸다.

문이 열리고 화려한 궁장을 입은 여자가 달려 나왔다.

"조웅아!"

내가 그녀를 보자 문지기가 말했다.

"가주님의 세 번째 부인이신 홍리(紅莉) 부인이십니다."

나는 당조웅을 들어 그녀에게 안겨 주었다.

"여기 댁의 아드님입니다."

"아아……."

"울다가 지친 모양입니다. 집에 오니 안심이 되었는지
펑펑 울더군요."

"그, 그랬군요."

"저는 지나가던 과객입니다. 실은……."

나는 그녀에게 포권하여 인사를 한 후, 자초지종을 설
명했다.

"그렇게 된 겁니다."

"정말 감사드립니다. 이 은혜를 어찌 갚아야 할지."

"대가를 바라고 한 일이 아닙니다. 지나가던 길에 우연
히 마주친 인연일 뿐입니다. 그럼 저희는 이만 가 보겠습
니다."

"아닙니다. 어서 안으로 드세요. 어찌 제 아들과 가문
의 은인을 이대로 보낸단 말입니까?"

"사실 저희가 사정이 있어 여유를 부릴 수 없습니다. 그러니 이대로 가야 하는 결례를 용서해 주십시오."

우리가 왜 일부러 밀림을 지나가고 있었겠는가?

그건 빠르게, 그리고 은밀하게 사천성의 성도로 가기 위함이다.

만약 사천당가의 금지옥엽을 구한 이가 우리라는 것이 알려지면 일에 차질이 빚어지게 된다.

그리고 정말 대가를 바라고 한 일이 아니니 이대로 가는 것이 맞다.

"그럼 저희는 이만 가 보겠습니다."

그사이 팔갑은 끌고 왔던 마차에서 다시 말을 풀고서 올라타 있었다.

나 역시 말에 올라탔고, 그대로 목적지인 은해상단 사천 지부로 향했다.

그때 이필 무사의 표정이 보였다.

꽤나 안심하는 표정이다.

그리고 보니 아까 당조웅이 사천당가의 아이라는 것을 알게 되었을 때부터 살짝 표정이 굳었었는데…….

뭔가 묘한 느낌이 있었지만, 일단 그냥 넘겼다.

* * *

한 시진 후, 당조웅은 눈을 떴다.

"어⋯⋯."

익숙한 천장이었다.

"조웅아!"

그는 고개를 돌렸다.

자신의 아버지와 어머니가 그의 침상 옆에 있었다.

"아버지? 어머니?"

"그래!"

"정신이 드느냐?"

진짜였다.

진짜 자신은 가족들을 만났다.

그는 아버지와 어머니의 품에 안겨 다시 펑펑 울었다.

"무서운 꿈을 꾸었습니다. 유모와 함께 저자에⋯⋯."

그 이야기를 하면서 당조웅은 점점 깨달았다.

자신이 겪은 건 결코 꿈이 아니었다는 것을.

"아버지! 저를 구해 준 소협은 어디에 계십니까? 감사 인사를 제대로 하지 못했습니다."

"응?"

"그게 말이다⋯⋯."

당조웅의 아버지인 당규정과 어머니 홍리 부인은 말을 흐렸다.

"너를 나에게 안겨 주고는 그냥 가 버렸단다."

홍리 부인의 말에 당조웅은 실망하여 고개를 숙였다.

"그분이 아니었다면 저는 죽었을 겁니다. 그리고 아버

지께서는 늘 제게 사천당가의 사람이라면 은혜는 두 배로 갚고 원수는 열 배로 갚으라고 하셨습니다."

"그랬지."

"저 역시 그렇게 하고 싶습니다."

"하지만 그자는 자신의 이름도, 소속도 알려 주지 않고 바람처럼 사라졌단다."

그때 가주이자 당조웅의 아버지 당규정이 조심스레 말했다.

"그래서 말인데 혹시 그자들도……."

"절대 아닙니다!"

혹시 그들도 납치범과 한패가 아닌가 하는 의심에, 당조웅은 딱 잘라 말했다.

하지만 당규정의 말에도 일리가 있었다.

은인인 척하면서 보답을 받으려고 하는 경우가 없었던 것은 아니니까.

"그분은 보답하겠다는 제 말에 나중에 커서 위험에 빠진 누군가를 봤을 때 그자를 구할 능력이 있다면 외면하지 않으면 된다고 하셨습니다. 그거면 보답이 될 거라고요."

"정녕 그리 말했느냐? 다른 것을 요구한 건?"

"전혀 없었습니다."

"음……."

당규정은 고개를 끄덕였다.

그렇다면 정말 선의로 자신의 막내아들을 구해 준 것이 맞는 듯했다.

'하긴, 정말 공범이라면 그렇게 바람처럼 가지 않았겠지. 여기서 머물면서 뭔가를 받아 내는 게 목적이었을 테니.'

당규정이 말했다.

"하지만 우리가 아는 건 없단다. 정말 아무것도 알려 주지 않고 가 버렸거든."

그의 말에 홍리 부인이 고개를 끄덕였다.

더군다나 아이를 납치했던 범인들도 몰랐다.

"이름만 알면 찾을 수 있을 터인데."

자랑 같지만, 사천에서 가장 큰 영향을 가진 세가가 바로 사천당가이다.

이름만 알면 찾을 수 있다.

그때 당조웅이 외쳤다.

"아! 기억났습니다. 은서호 소협입니다."

"은서호 소협?"

"네. 저를 구해 주셨을 때 저를 안심시키기 위함이셨는지 이름을 알려 주셨습니다. 은해상단에서 일하는 은서호라는 분이셨습니다."

그 말에 당규정은 자리에서 일어나며 말했다.

"이 아비만 믿거라."

"부탁드립니다, 아버지."

자신의 늦둥이 막내아들을 구해 준 은인을 반드시 찾아서 은혜를 갚아야 했다.

　그건 가문의 위신을 위해서이기도 했지만, 자신의 아들을 구해 준 것에 감사하는 아비의 마음이기도 했다.

　그는 즉시 자신의 부관에게 말했다.

　"은해상단의 은서호라는 자를 찾아라. 하지만 뭔가 사정이 있는 듯하니 최대한 은밀하게 찾도록."

　"알겠습니다."

＊　＊　＊

　나는 저 멀리 보이는 건물을 바라보았다.

　사천성의 성도 북쪽에 있는 이곳이 바로 은해상단의 사천지부이다.

　곡창지대에 위치한 곳이지만, 은해상단의 목적은 곡식이 아니다.

　예로부터 사천의 비단은 촉금(蜀錦)이라고 하여 중원의 사대 비단 중 하나로 유명하다.

　당연히 은해상단에서도 비단을 취급하기에 이곳의 촉금을 유통했다.

　그리고 사탕과 감귤이 풍부하게 생산되며, 암염의 주요 생산지이기도 했다.

　상단에게 있어 그야말로 황금의 땅인 것.

하지만 이곳 사천으로 오는 길은 참 험준했다.

그렇기에 자주 올 수가 없다.

그러다 보니 그때그때 이곳의 변하는 상황에 맞게 대처할 수가 없었다.

하여 만들어진 것이 바로 이 사천지부이다.

그리고 이곳의 지부장으로 계신 분은…….

내 숙부님이다.

"지부장님은 뵙지 않으시는 겁니까요?"

팔갑의 물음에 나는 고개를 끄덕였다.

"응. 그러기로 했잖아."

나는 숙부님이 단씨상단의 첩자가 아님을 알고 있다.

은해상단이 비단으로 이름이 높은 상단이 되는 데 큰 도움을 주신 분이 바로 숙부님이니까.

하지만 지금 숙부님을 뵙지 않는 건 누가 단씨상단의 첩자인지 아직 모르기 때문이다.

내가 숙부님을 만난다면, 지부의 사람들이 금세 내가 왔음을 알게 될 테니까.

그럼 단씨상단에서는 또 다른 방해 공작을 펼칠 것이고, 결국 진흙탕 싸움이 되어 버린다.

숙부님께는 죄송하지만 즐거운 만남은 잠시 미루어 두어야 했다.

나는 멀리서 지부의 건물을 바라보다가 몸을 돌렸다.

이제 작전 개시다.

.

.

.

잠시 후, 나는 적당한 대상을 찾았다.

바로 동네에서 뛰어노는 아이들이었다.

나는 간식을 잔뜩 사서 나무 아래에 앉았다. 그리고 옆의 바위에 간식을 올려놓고 아이들을 불렀다.

"얘들아."

"……?"

나는 아이들에게 당과를 내밀며 말했다.

"이거 먹을래?"

"다, 당과다!"

내가 내민 당과는 밀가루 반죽을 기름에 튀긴 것에 꿀을 바른 후 사탕가루를 묻힌 거다.

그걸 꼬챙이에 꽂은 간단한 간식이지만 아이들의 입에서는 침이 뚝뚝 떨어졌다.

"하지만 엄마가 남이 주는 거 함부로 먹지 말라고 했는데……."

"그러면 안 된다고 했어."

"맞아. 다른 사람이 주는 음식은 함부로 먹으면 안 돼. 그런데 이 형이 당과를 너무 많이 사서 그래. 그렇다고 버리면 아깝잖아."

"으응…… 음식은 버리면 안 돼."

"음식 버리면 벌 받는다고 했어."

"그러니까 이거 먹는 거 좀 도와 달라는 거지."

그제야 아이들은 조심스럽게 당과가 꽂힌 꼬치를 하나씩 집어 들었다.

그렇게 배를 채우자 그제야 나에게 관심이 가는 듯 내게 물어 왔다.

"형은 누구야?"

"나는 여행 중인 사람이야. 저기 내 시종이랑 같이 왔어."

나는 팔갑을 가리켰고, 아이들은 고개를 갸웃했다.

"저 아저씨 곰 닮았어."

그 말에 나도 모르게 웃었다.

"하하하. 그래? 그럼 나는 뭘 닮았니?"

"형은…… 음, 자무인형."

"어?"

예상치 못한 대답에 나는 당황했다. 내가 자무인형을 닮았다고?

"왜냐하면, 예뻐."

"맞아. 오빠는 예뻐."

"그런데 자무인형이라고 하면 안 돼. 그건 귀신 들린 인형이라고 했어."

"맞아. 어른들이 말하는 거 들었어."

전에는 영혼이더니 이제는 귀신인가?

하아…….

하긴 뭐, 영혼이나 귀신이나 별다를 건 없지.

나는 다시 얼굴에 미소를 띠며 말했다.

"그래도 자무인형처럼 예쁘다고 해 주니 고맙네."

"기분 안 나빠?"

"응, 괜찮아. 오히려 좋은걸. 왜냐하면, 나는 자무인형에 대한 비밀 노래를 알고 있거든."

아이들이 관심을 가지기 시작했다.

"비밀 노래?"

"그거 뭔데?"

"나도 알려 줘!"

"안 되는데…… 하지만 나보고 자무인형 닮았다고 해 주었으니까 알려 줄게."

이게 바로 내가 생각한 방법이다.

노래를 통해 자무인형에 대한 인식을 바꾸는 것.

사천지부의 쥐새끼를 잡기 위함도 있었지만, 이걸 위해 내가 은밀하게 사천성에 온 것도 있다.

사람들은 작위적인 것에 본능적으로 거부감을 느낀다. 하여 아이들의 힘을 빌리려는 것이다.

세상에서 가장 자연스러운 존재 중 하나가 바로 아이들이니까.

그렇게 자연스레 그 인식을 바꾸는 거다.

그리고 이 작전을 위해 각 성에 믿을 만하고 능력 있는 이들이 파견되었다.

그렇게 아이들에게 노래를 알려 준 후, 자리에서 일어났다.

"이제 점심 먹으러 가자."

"솔직히 사천에 왔으면 사천 음식을 먹어야 하는 거 아닙니까요?"

이곳에 온 지 하루가 지났지만, 우리는 지금까지 사천을 대표하는 음식을 먹지 않고 그저 평범한 국수와 만두만 먹었다.

이에 팔갑은 좀 질린 모양이다.

그 말에 나는 잠시 팔갑을 바라보다 물었다.

"너 사천 음식 먹어 본 적 있어?"

"없습니다요."

"매운맛에 자신 있어?"

"저도 숭양현 사람입니다요."

숭양현은 호남과 가까이에 붙어 있었기에 음식 역시 호남과 비슷했다.

호남의 요리는 맵다.

하지만 사천 요리의 매운맛과는 조금 다르다.

호남의 매운맛은 단맛이 감도는 매운맛이지만, 사천의 매운맛은 마(麻)한 매운맛이다.

혀가 얼얼해서 마비되는 듯한 사천의 매운맛은 한 입만 먹어도 땀이 줄줄 흐를 정도이다.

오죽하면 사천인들은 매운 것을 두려워하지 않는다고

할까?

　처음 내가 사천의 요리를 먹어 본 건 지금보다 오 년 뒤의 일이다.

　은해 포목점을 맡아 운영하면서 촉금을 직접 봐야 하는 일이 생겼기에 사천에 왔었다.

　그리고 호기롭게 마라향과를 주문했다.

　숙부님이 그런 나를 애써 만류했지만, 나는 괜찮다고 큰소리를 쳤다.

　결국, 밤새 복통에 시달리고 말았다.

　아…….

　당시를 생각하니 갑자기 수치심이 무럭무럭 솟아나네.

　나는 한숨을 내쉬었다.

　"그냥 먹지 마. 먹으려면 상단에 돌아가서 먹어."

　그런 나를 보며 이필 무사가 말했다.

　"원래 사람은 직접 경험해 봐야 공부가 될 때도 있습니다. 그리고 저도 오늘은 오랜만에 고향의 음식이 먹고 싶습니다."

　고향의 음식이라면?

　"원래 사천 분이신가요?"

　"네, 그렇습니다."

　"그럼 음식이 남을 걱정은 하지 않아도 되겠네요."

　우리는 근처 반점으로 향했다.

　그리고 나는 평범한 만두를 주문했다. 사천의 음식이

전부 매운 건 아니었으니까.

여응암 무사 역시 만두를 주문했다.

"저는 겪어 봐야 하는 공부는 별로 하고 싶지 않습니다. 하하하."

"현명하시네요."

그리고 팔갑과 이필 무사는 마라향과를 주문했다.

곧 음식이 나왔다.

작은 솥에 채소와 고기를 가득 담고서 매운 향신료를 넣어 볶은 음식이다.

"와! 진짜 맛있어 보입니다."

"그래, 맛있게 먹어."

맛있어 보이지?

나는 정확하게 셋을 세었다.

하나,

둘,

셋.

그리고 팔갑은…… 내 기대를 저버리지 않기는 개뿔.

"오? 이거 맛있습니다요. 얼얼한 것이 제법 특색이 있습니다요."

"……."

이필 무사가 크게 웃었다.

"하하하! 팔갑 소이가 이 맛을 아는군요! 후우! 오랜만에 음식다운 것을 먹어 봅니다."

그들은 개운하다는 표정으로 마라향과를 집어먹고 있었다.

"……."

나는 팔갑의 기색을 살폈지만 억지로 혀의 고통을 참는 듯한 건 전혀 없었다.

그냥 맛있게 먹고 있었다.

왠지 윙윙거리는 꿀벌이 주둥이를 쏘든 말든 와구와구 벌집을 먹는 곰을 보는 듯했다.

팔갑은…… 혀도 곰인가?

그렇게 식사를 마치고 나는 다시 노래를 알려 줄 다른 아이들을 찾아 나섰다.

그렇게 며칠이 지났다.

* * *

사천의 한 저잣거리.

아이들이 노래를 흥얼거리며 걷고 있었다.

"영혼이 들어 있는 자무인형, 돈을 벌게 해 주는 자무 인형……."

그 노래를 들으면서, 주점 앞의 어른들은 탁주를 마시며 이야기했다.

"그러고 보니 요즘 저 노래가 자주 들리는구먼."

"아, 자무인형이 돈을 벌게 해 준다는 노래?"

"그런데 저 말이 진짜라는 소리가 있던데?"

"뭐?"

"자무인형에 영혼이 있다는 소리를 우리 모두 들어 봤잖아."

"그 말 때문에 꺼림칙하게 느껴져서 인근 전 장주 댁도 그 인형을 창고에 처박아 놨다던데?"

"그런데 그 인형의 영혼이 돈을 벌게 해 준다고 하더라고. 실제로 엄청난 돈을 번 사람도 많대."

그리고 그 말은 곧 사천 땅, 아니, 중원 전역에 퍼지기 시작했다.

.

.

.

단씨상단의 상단주는 수하의 보고를 듣고 있었다.

"그래서, 자무인형이 다 팔렸다고?"

"그렇습니다."

"한 달도 되지 않아서 다 팔렸다니? 재고로 남을 거라고 하지 않았나?"

"그랬습니다만…… 아무래도 그 소문 때문인 듯합니다."

"소문?"

"네. 자무인형의 영혼이 돈을 벌게 해 준다는 소문입니다."

그 소문에 대해서는 그도 들어 봤다.

하지만 그 소문이 진짜가 아님을 알고 있다. 왜냐하면 자무인형에 영혼이 들어 있다는 것도 진짜가 아니니까.

그건 그 소문을 직접 만들어서 퍼트린 본인이 더 잘 알고 있다.

"소문의 출처는?"

"알아보고 있지만 명확하지 않습니다. 아이들이 부르는 노래로 소문이 퍼지고 있는데, 누가 먼저 시작했는지는 알아내지 못했습니다."

"……"

단씨상단주는 미간을 찌푸리며 혀를 찼다.

"누가 쓴 계책인지 모르지만, 제법 머리를 잘 썼군."

"네?"

"이거, 분명 은해상단 측에서 머리를 굴린 거야. 즉, 우리가 낸 소문을 역이용한 거지."

"그럼 저희도 그 소문을 이용하면 어떻겠습니까? 자무인형뿐만 아니라 저희 상단의 인형도 돈을 벌게 해 준다는 식으로 말입니다."

수하의 조심스러운 제안에 상단주는 잠시 고민하다가 고개를 끄덕였다.

"그게 좋겠군. 그렇게 하도록."

"알겠습니다."

"그런데, 왜 그자에게서는 연락이 없지?"

"네?"

"은해상단의 지부의 그자 말이야. 이런 일이 있으면 미리 우리에게 연락했어야 마땅한데 말이야."

그는 턱을 쓰다듬으며 말을 이었다.

"아무래도 대가가 부족한 듯하니 선물을 좀 더 안겨 줘야겠어."

"그렇게 많이 투자해도 괜찮을까요?"

"괜찮아. 그 이상으로 뽑아 먹으면 되니까."

　　　　　* 　* 　*

객잔의 창문을 통해 달을 보았다.

내가 이곳에 온 지 벌써 칠 주야가 지나고 있다.

나는 팔갑을 돌아보며 물었다.

"진짜 복통 같은 거 없어?"

"없습니다요."

"……."

요즘 팔갑은 사천 음식에 맛을 들였는지 계속해서 사천 음식을 먹고 있었다.

그럼에도 배탈이 나는 일은 없었다.

팔갑…… 혹시 내장까지 곰인가?

"그런데 요즘 도는 그 소문 말입니다요."

"아아, 단씨 인형도 돈을 벌게 해 준다는 소문?"

"네, 그거 말입니다요."

"드디어 물었네."

"네?"

고개를 갸웃하는 팔갑에게 나는 피식 웃으며 말했다.

"내가 이 계책에 심어 놓은 첫 번째 미끼를 물었다고."

내가 노린 건 두 가지였다.

그 첫 번째가 바로 이 계략을 생각해 낸 단씨상단에 대한 복수이다.

나는 단순히 내가 만들어 퍼트린 노래로 자무인형에 대한 사람들의 인식을 바꾸는 것만을 노린 게 아니다.

자무인형을 소유하는 사람은 보통 돈이 많은 이들이다.

곁에서 봤을 땐 자무인형 때문에 돈을 많이 버는 건지, 아니면 그냥 돈을 많이 버는 건지 알 수 없을 터.

그렇게 약간의 물꼬를 터 준 것만으로도 소문은 스스로 굴러가기 시작했다.

그 소문이 헛소문이라는 건 곧 밝혀질 터.

하지만 그 소문으로 인해 자무인형이 팔리기 시작하고, 그 현상을 본다면 당연히 처음 괴소문을 퍼트린 당사자들은 그 소문을 이용할 거다.

지금처럼 말이다.

사람들은 바보가 아니다.

관련한 소문이 한 개, 두 개가 쌓이면 그러려니 하지만, 세 번을 넘어서면 뭔가 이상함을 느끼게 된다.

그러면 어떤 결과가 나타날까?

뒤늦게 소문에 편승한 단씨 인형에 대한 사람들의 평판이 바닥으로 떨어진다.

단씨상단에서는 당연한 수순으로 그 소문이 헛소문이라고 수습해야 할 터.

그러면 자무인형에 영혼이 들어 있다는 소문 역시 헛소문이 되어 버리는 거다.

인형에 대한 소문이 달포 사이에 세 개나 떠돈다면 사람들은 뭔가 이상하다고 생각할 터.

이 소문의 진원지를 사람들이 알아차리지 못할까?

아니다.

그러면 단씨상단의 평판은 더더욱 추락한다.

내 설명에 팔갑은 고개를 끄덕였다.

"아, 그런 거였습니까요? 역시 도련님! 겁나게 똑똑하십니다요."

"내가 좀 똑똑하긴 해."

"그런데 말입니다요. 자무인형에 들어 있는 영혼이 돈을 벌게 해 준다는 소문 때문에 잘 팔렸는데, 그 소문으로 인해 얻을 이익이 아깝습니다요."

"아니, 그 소문은 빨리 사라져야 해."

"네? 어째서입니까요?"

"소문이 계속되면 결국 엉덩이 무거운 관이 움직일 테니까. 사람들을 현혹하는 인형이라고 관에서 나서면 곤란해."

나는 말을 이었다.

"그러니 단씨상단에서도 평판이 더 떨어질 것을 알면서도 얼른 이 소문을 수습해야 하는 거고."

"아……."

"내가 원하는 건 그 어떤 소문도 없이 자무인형 그 자체를 사람들이 좋아해 주는 거야. 자무인형은 그 자체로 빛나야 하는 존재야."

* * *

며칠 뒤.

단씨상단주는 자신의 집무실에서 보고를 들었다.

쾅—!

"빌어먹을!"

그는 자신 앞의 서탁을 주먹으로 내리쳤다.

"우리 인형의 판매량이 오히려 더 떨어졌다니! 대체 이유가 뭐야?"

"그게……."

수하가 말을 이었다.

"저희 상단의 인형에 대한 사람들의 평판이 떨어지고 있습니다. 거부감을 느끼는 듯합니다."

"거부감? 왜? 돈을 벌게 해 준다는 인형이잖아?"

"그게…… 저희 인형을 장식으로 둘 정도면 어느 정도 있는 가문이니까……."

"그래서 뭐?"

"자무인형에 비해서 격이 떨어져 보인다고……."

"뭐?"

"격이 떨어지니까 그 소문에 편승한 게 아니냐고……."

"헉! 격이 떨어져? 중원 사대 비단인 촉금에, 중원 사대 자수인 촉수(蜀繡)로 장식한 인형이 격이 떨어진다고?"

"……."

그는 애써 화를 가라앉혔다.

"어찌할까요?"

단씨상단주는 자신의 고객들이 어떤 사람인지 알고 있다.

자존심이 높은 자들.

그들이 격이 떨어진다며 인형을 멀리하기 시작했다면 이는 위험신호이다.

자칫하다간 그나마 있던 손님들까지 떠날 터.

"그리고 관의 대인께서 경고를 주었습니다. 조만간 위에서 움직일 수도 있다고."

이번 일은 여기서 수습해야 했다.

"지금 즉시 사람을 풀어라. 그리고 우리 인형이 돈을 벌게 해 준다는 소문이 잘못된 소문이라고 정정하도록."

"알겠습니다."

그리 명을 내린 단씨상단주는 자신이 내린 명이 불러올 결과를 예상할 수 있었다.

결자해지였다.

자신이 생각하고 실행한 계책을 결국 자신의 손으로 거두어들이는 판국이 되어 버렸다.

'하지만 이렇게 해도 평판을 되돌리기 힘들 것 같다는 생각이 드는군.'

문득 그런 생각이 들었다.

'내 계책에 대응하는 계책을 내놓은 자는 설마 이런 것까지도 내다본 건 아니겠지?'

아닐 거다.

그는 애써 방금 떠오른 생각을 부인했다.

이런 계책을 낸 자가 마음먹고 단씨상단을 상대하려고 한다면 단씨상단은 살아남지 못할 터이니까.

* * *

나는 반점에서 만두를 먹고 있었다.

그리고 내 옆에서 팔갑과 이필 무사는 열심히 사천의

음식을 먹고 있었다.

나도 만두만 먹기는 싫다.

하지만 어쩔 수 없다. 저거 먹고 엄청 고생했던 경험이 있으니까.

나중을 위해 전 중원의 음식에 대한 적응 훈련이라도 미리 해야 하나?

쩝…….

그때 내 옆의 식탁에 앉아 있던 이들이 도란도란 이야기하는 소리가 들렸다.

"단씨 인형이 돈을 벌게 해 준다는 그거, 헛소문이라면서?"

"아, 나도 들었어."

"그러면 뭐야? 자무인형도 돈을 벌게 해 준다는 그것도 헛소문인가?"

"그렇겠지."

"하긴, 어떻게 인형이 돈을 벌게 해 주겠어?"

"생각해 보니 좀 이상하네."

"뭐가?"

"요즘 인형에 대한 소문이 많지 않아?"

"그러게."

"그럼 혹시 이거, 전부 다 헛소문 아니야? 생각해 봐. 자무인형에 영혼이 있다, 자무인형의 영혼이 돈을 벌게 해 준다, 자무인형의 영혼이 돈을 벌게 해 주는데 단씨 인형도 돈을 벌게 해 준다?"

"그런데 단씨 인형이 돈을 벌게 해 주는 건 헛소문이고?"

"그럼 뭐야? 그거 다 헛소문이라는 거야?"

"그럼 그 헛소문을 퍼트린 건 대체 누구야?"

"누구긴 누구야? 첫 번째 소문이랑 세 번째 소문을 퍼트린 자들이지."

"와! 그렇게 안 봤는데, 단씨상단."

"너무하네."

나는 피식 웃었다.

다시 말하지만, 사람들은 바보가 아니다.

그럼 이제 쥐새끼를 잡으러 가 볼까?

14장. 쥐를 잡자

쥐를 잡자

"워워!"

한 무리의 이들이 사천의 성도에 막 도착했다.

은해상단의 본부에서 온 이들이다.

"생각보다 일찍 오셨습니다."

그들을 이끄는 임시 수장은 상유각의 병급 각원이자 삼조장 임기철이다.

그는 자신 앞의 나무 밑에 앉아 있던 미청년을 발견했다. 은서호다.

"도련님!"

"오는 길은 평탄하였습니까?"

은서호가 일어나며 그리 물었고, 임기철이 포권하며 말했다.

"좋은 길로 골라 왔는데 무엇이 고생이었겠습니까?"

다만, 오래 걸렸을 뿐이다.

마차까지 끌고 오느라 제법 멀리 돌아와야 했으니까.

"사천에서의 일은 잘되셨는지요? 오면서 보니까 호북과 섬서 쪽은 계책대로 잘된 듯합니다."

"네. 이쪽도 계책대로입니다. 일찍 온 보람이 있었습니다. 그럼 이제 지부로 가 볼까요?"

"네."

.

.

.

그들은 곧 은해상단 사천지부에 당도했다.

"어서 오시게나!"

"지부장님을 뵙습니다!"

그들은 자신들을 마중하러 나온 지부장에게 포권했다.

지부장의 이름은 은명상(銀明相).

현 상단주의 동생이다.

전 상단주 은지봉은 슬하에 삼남 일녀를 낳았다. 은명상은 그의 둘째 아들이다.

"그런데 내 듣기로 서호도 함께 온다고 하던데?"

"저 여기 있습니다."

바로 앞에 서 있던 미청년이 대답했다.

"오!"

처음에는 알아보지 못했지만, 자세히 보니 어릴 적의
그 모습이 보였다.

그는 정중하게 포권했다.

"조카 은서호가 숙부님을 뵙습니다."

"정말 몰라봤다! 이렇게 어엿한 청년으로 자라다니!"

은명상은 대견하다는 눈빛으로 조카의 모습을 살폈다.
코앞에서도 알아보지 못했을 정도로 확연히 달라진 모습
이었기 때문이다.

잔병치레가 유독 잦았던 아이다.

하여 사천에 온다고 했을 때 적잖이 걱정하고 있었다.

그런데 자신 앞의 아이는 무척 건강해 보였다. 게다가
키도 훤칠했다.

'얼굴도 곱상한 것이 여자들 꽤 울리겠구나. 아무래도
형님보다는 날 더 많이 닮은 것 같은데?'

그는 흐뭇한 미소를 지으며 은서호를 맞아 주었다.

"오랜만에 보는구나. 그동안 잘 지냈느냐?"

"네. 숙부님도 강녕하셨습니까?"

"나야 잘 지냈지."

"그럼 저희 일행을 소개해 드리겠습니다."

그렇게 그들은 서로 인사를 나누었고, 은명상은 그들에
게 말했다.

"그럼 안으로 들지."

"네."

그들은 은해상단 사천지부 안으로 들어갔다.

커다란 장원 안에는 제법 많은 건물이 있었고, 내당과 외당으로 구분되어 있었다.

은서호는 내당으로 안내되었다.

그도 그럴 것이 은서호는 다른 직원들과 달리 은씨 성을 가진 가족이었기 때문이다.

은명상과 은서호는 단둘만의 시간을 가졌다.

"지금 네 숙모와 네 사촌들은 모두 출타 중이란다. 이따 저녁 때 만날 수 있을 거다."

"네."

은명상은 직접 차를 우려서 내주었다.

"들거라. 이곳 사천성은 비단이나 암염이 유명하긴 하지만, 차도 나름의 매력이 있다."

"잘 마시겠습니다."

은서호는 조심스레 차를 마셨다.

"그런데 말이다."

그런 은서호를 보며 은명상이 말을 이었다.

"며칠 전에 사천당가에서 찾아왔었다."

"네? 커업! 콜록! 콜록!"

＊　＊　＊

아! 뜨거!

혀를 뎄다.

그만큼 갑작스러운 말이었기 때문이다.

나는 일부러 사천당가에 내 정체를 알려 주지 않았다. 그런데 대체 내가 은해상단의 사람이라는 것과, 내 이름은 어떻게 알고 찾은 거지?

아…… 당조옹을 안심시키기 위해 한 번 말했는데, 그걸 기억하고 있었던 건가?

숙부님께서는 내게 손수건을 건네며 말씀하셨다.

"괜찮으냐?"

"괘, 괜찮습니다."

"네 반응을 보니 사천당가에서 찾는 이유가 있구나. 상당히 은밀하게 찾는 것 같던데?"

그건 다행이었다.

만약 사천당가에서 은밀하게 움직이지 않았다면 내 이번 계획은 쉽게 진행되지 않았을 테니까.

"대체 무슨 일이더냐?"

숙부님의 표정이 사뭇 심각해졌다.

"사천당가와 척을 진다는 건 절대 금물이란다."

"그걸 제가 왜 모르겠습니까?"

만약 사천당가와 원수가 되었다?

그러면 그날부터 편안한 잠자리도, 맛있는 음식도, 밖으로 나가는 것도 모두 포기해야 했다.

어디서 암기가 날아오고 어디에 독이 있을지 모르기 때

문이다.

결국, 십 년이 걸리든 백 년이 걸리든 복수를 완성하는 곳이 바로 사천당가이다.

그만큼 사천당가는 집요하면서도 복수에 있어 지독할 정도로 끈질긴 자들이었다.

"만약 그들에게 뭔가 실례를 저질렀다면 지금이라도 찾아가서 사죄해야 한단다. 혹시 용기가 없다면 이 숙부가 같이 가 주마."

나를 보는 숙부님의 눈빛이 참 따스했다.

이런 점은 아버지와 비슷한 것이, 조부의 그런 면을 두 분 모두 닮으신 듯했다.

나는 고개를 저었다.

"아닙니다. 괜찮습니다. 사천당가에서 저를 찾는 건 제가 그들에게 폐를 끼친 이유 때문은 아닙니다."

"그럼 다행이구나!"

"음…… 살짝 폐를 끼친 면도 없잖아 있지만, 그 정도는 애교로 봐 주실 겁니다. 하하하."

그들에게 내 이름과 소속을 알려 주지 않아서 고민하게 만들었으니 말이다.

"사실은 말입니다."

나는 숙부님에게 사천당가 사이에서 있었던 일에 대해서 자초지종을 설명했다.

물론 납치 사건의 진정한 배후가 무림맹이라는 것은 말

하지 않았다.

증거도 없을 뿐만 아니라 너무나도 큰 일이니까.

현재 무림맹이 허우대만 화려해 보이는 곳이라고 하지만, 그래도 백도 무림의 중심이다.

함부로 왈가왈부할 수는 없다.

"그런 일이 있었던 것이냐?"

내 말에 숙부님의 두 눈이 커졌다.

"네가 가주의 아들을 구하여 사천당가에서 네게 빚을 졌던 것이구나! 그래서 그들이 그렇게 너를 찾았던 것이고."

숙부님이 말씀을 이었다.

"백도 무림에 소속된 문파와 세가에는 은혜를 제대로 갚아야 된다는 암묵적인 법도가 있으니까."

숙부님은 내 잔에 차를 더 따라 주시며 물었다.

"그런데 네 말을 들으니 너는 이미 보름 전에는 이곳에 도착해 있었다는 말로 들리는데?"

"아, 그것이……."

"그러고 보니 최근 보름 동안 묘한 소문이 계속해서 돌았었지. 그리고 지금은 자무인형에 영혼이 들어 있다는 소문은 유명무실해지고 역으로 단씨상단의 평판이 땅에 떨어졌고 말이야."

숙부님은 나를 보며 말을 이으셨다.

"네 작품이구나?"

"맞습니다."

나는 순순히 인정했다.

"아버지의 명을 받고 먼저 사천으로 와서 일련의 일을 수행했습니다."

"그나저나 형님께서 이런 수를 생각해 내셨다니! 좀 놀랍기는 하구나. 역시 상단주는 상단주인가?"

내가 생각한 수이긴 하지만, 이를 숙부님에게 말하는 것이 좀 민망했기 때문에 얌전히 있었다.

"그건 그렇고, 네가 직접 이곳에 온 목적 말이다."

솔직히 그 '소문'에 관련된 거라면 내가 아닌 다른 믿을 만한 자를 보내도 될 일이다.

다른 곳처럼 말이다.

그러나 이곳 사천만큼은 내가 직접 왔다. 바로 쥐새끼의 색출이라는 목적 때문이다.

"정녕 이 지부에 쥐새끼가 있다고 보는 것이냐?"

"숙부님도 짐작하고 계시잖습니까?"

"하지만 정말 가족처럼 지내 온 사이인데…… 첩자 짓이라니…….."

숙부님은 믿기지 않는다는 표정이었다.

나는 숙부님의 심경을 조금이나마 알 것 같았다.

이곳 사천성에서 서로를 의지하며 꾸려 온 지부이다. 그런데 그런 식구나 다름없는 자가 다른 식구들을 배신했다는 의미니까.

이전 삶에서 나 역시 그런 배신을 경험해 봤었다.

아무리 인간적으로 대우해 주고 또 신뢰를 내세운다 해도 배신자는 꼭 나오곤 했다.

처음에는 무척 속상했지만, 이내 그러려니 했다.

아무리 조사해 봐도 그 배신의 이유가 은해상단의 문제는 아니었기 때문이다.

개인의 욕심과 외압의 문제였지.

그렇다고 나는 은해상단에서 제공하는 혜택을 축소하거나 하지는 않았다.

만약 대우를 박하게 한다면 그땐 배신의 이유가 은해상단의 문제가 되어 버릴 테니까 말이다.

"숙부님, 숙부님께서는 잘못이 없으십니다."

"응?"

"지금 자책하고 계신 것 같아서 말입니다. 조금만 더 잘 대해 줬다면 배신하지 않았을 텐데 하고 생각하시는 것 같습니다."

"아, 이런…… 들켰나?"

"숙부님은 참 좋은 분입니다. 그런 생각을 한다는 것 자체가 좋은 분이라는 겁니다."

나는 피식 웃었다.

"그리고 자랑 같지만 은해상단의 복지는 상당히 좋다고 할 수 있습니다. 그러니 그런 쓸데없는 자책은 하지 않으셔도 됩니다."

"이거 너무하는구나. 이 숙부에게 쓸데없는 자책이라니……."

"말이 과했다면 죄송합니다."

나는 고개를 숙였고, 숙부님은 웃으며 손을 저었다.

"농담이다, 농담."

숙부님의 얼굴은 다시 밝아졌다.

"그래, 쓸데없는 자기반성은 여기까지 하자. 그래서 네가 이곳에 일찍 온 성과는 있었느냐?"

"네."

나는 웃으며 대답했다.

"쥐새끼가 누군지도, 출몰 장소와 그 먹이가 뭔지도 알아냈습니다."

내가 이곳에 일찍 와서 노래만 퍼트린 건 아니다.

나름 바쁘게 움직였다.

단씨상단을 살피고, 동시에 은해상단 사천지부도 살펴야 했기 때문이다.

그리고 마침내, 단씨상단의 사람이 사천지부의 사람을 만나는 장면을 포착했다.

내 말에 숙부님이 눈을 빛냈다.

"그래서 누구냐? 당장 이 쥐새끼를!"

"숙부님."

나는 빙긋 웃으며 말을 이었다.

"고양이에게 꼬리를 빌려준 쥐가 그 대가로 받은 것이

먹이가 아닌 새똥임을 알고, 배신감에 고양이를 문다고 생각해 보십시오. 재밌을 것 같지 않습니까?"

"재미는 있겠지만, 고양이가 쥐에게 꼬리를 빌린 대가로 틀림없이 먹이를 줬을 텐데? 새똥이라니?"

"여기서 진짜 재미있는 일이 생기는 겁니다."

"……?"

"이를 지켜보던 솔개가 먹이를 채어 가고 대신 똥을 누고 간 거죠."

숙부님이 물으셨다.

"그래서 그 솔개가 누구냐?"

"접니다."

나는 말을 이었다.

"저로서는 돈 때문에 첩자 노릇을 한 자도 용서할 수 없지만, 첩자를 심은 단씨상단도 두고 볼 수는 없거든요."

단씨상단은 이미 자무인형에 대한 헛소문을 퍼트린 죄로 인해 평판에 상당한 타격을 입었다.

하지만 그건 그거고 이건 이거다.

이번에는 첩자를 심은 대가를 받아야지.

.

.

.

그날 저녁.

나는 숙부님의 가족들을 만날 수 있었다.

숙모님은 나를 반갑게 맞아 주셨다.

"반가워. 우리 서호, 아주 잘생겨졌네?"

"하하하."

숙모님은 전형적인 사천 사람이었다. 성격이 화끈하고 호방하고 또 쾌활하기까지 했다.

숙부님은 일찌감치 사천에서 활동하셨는데, 그때 만나서 혼인을 하셨다.

두 분은 슬하에 아들 둘과 딸 둘을 두고 있었다.

두 아들은 지금 숙부님의 일을 돕고 있었다. 이름은 은대석(銀大石), 은충석(銀忠石)이다.

나이는 대석 형이 지금 열아홉이고 충석 형이 열일곱이다.

"오랜만에 뵙습니다, 형님들."

"그래, 오랜만이다."

"잘 지냈느냐?"

"네."

그리고 막내딸은 나보다 어리다. 늦둥이로 지금 여섯 살이다.

그래서 온 가족의 사랑을 듬뿍 받고 있었다.

이름은 은려옥(銀麗玉).

지금 려옥이는 내 옷자락을 붙잡고 놓아주지 않고 있었다.

이만 내 처소로 가서 씻고 좀 쉬고 싶었지만, 려옥이가
나를 놓아주지 않아서 방으로 가지 못하고 있었다.

"려옥아, 이제 그만 자러 가자. 오라버니 자야 하는데?"

"그럼 나랑 같이 자면 되잖아요."

그러고는 나를 올려다보았다. 반짝거리는 눈이 '이래도
나랑 같이 안 놀 거야?' 하고 말하는 듯했다.

순간 심장이 욱신거렸다.

귀, 귀엽기는 하네…….

그때 대석 형이 려옥이에게 물었다.

"려옥아, 서호 오라버니가 그렇게 좋으냐?"

"네."

"왜 그렇게 좋은 것이냐?"

"잘생겼어요."

"……."

그렇게 단호하게 말하면 내가 부끄러워지는데.

그때였다.

"려옥아, 서호 오라버니 너무 귀찮게 하면 안 돼."

나는 뒤를 돌아보았다.

질끈 묶은 머리에, 무복을 입고 허리에 검까지 찬 여걸
이 당당하게 걸어오고 있었다.

그녀의 이름은 은향옥(銀香玉).

숙부님의 장녀이다.

나보다 한 살 위인 열여섯 살이다.

그녀가 려옥에게 말했다.

"서호 오라버니를 귀찮게 하면, 서호 오라버니가 너를 싫어하게 될 텐데? 그러면 네가 슬프지 않을까?"

"어⋯⋯."

"너도 너를 좋아해 주는 사람과 같이 있는 게 좋잖아? 그러니까 이쯤하고 가서 자자. 내일 다시 놀면 되잖아."

잠시 생각하던 려옥은 그제야 내 옷자락을 잡은 손을 놓았다.

"알았어. 그럼 내일 꼭 놀아 줘야 해."

"그래."

내 대답에 려옥이는 그제야 안심하고 유모를 따라 방으로 돌아갔다.

향옥 누님이 숙부님께 포권하며 말했다.

"전달을 받고 즉시 왔지만, 조금 늦었습니다."

"아니다."

"그래서, 그 쥐새끼를 지금 쳐 죽이면 되는 겁니까?"

그리 말하는 향옥 누님에게서 느껴지는 기세에 나도 모르게 움찔했다.

나는 향옥 누님이 무섭다.

누님의 말에 숙부님은 고개를 저으며 말씀하셨다.

"네 마음은 알겠지만, 아직은 때가 이르단다."

"때가 이르다니요?"

"여기 서호가 제법 재미있는 걸 생각했거든."

숙부님의 말에 항옥 누님의 시선이 나에게로 향했다.

으.

향옥 누님은 현재 아미파의 속가제자다.

사실 상단의 자제들이 문파의 속가제자로 들어가는 건 그 문파의 후광을 등에 업기 위함이다.

향옥 누님도 이를 목적으로 아미파의 속가제자가 되었지만, 내가 전에도 생각하곤 했지만 누님은 상인이 아니라 무인에 더 잘 맞았다.

그리고 나는 이후의 미래를 안다.

향옥 누님을 본 아미파의 고수가 누님이 무공에 상당한 자질이 있음을 알아보았기에, 나중에는 속가제자이면서도 정식제자들이 배우는 무공까지 배우게 된다.

아무튼, 누님은 무공을 익힐수록 풍기는 기세가 날로 날카로워졌다.

물론 누님과 내가 겨루면 내가 이길 것이다.

하지만 그것과는 별개로 그냥 누님이 무섭다.

"재밌는 거라고? 그게 뭐니?"

그때 숙부님이 말씀하셨다.

"향옥아, 그 전에 서호에게 인사 먼저 해야 하지 않을까 싶구나."

숙부님의 말에 향옥 누님은 '어머!' 하며 말했다.

"미안, 내가 인사를 깜빡했네."

나는 손을 저었다.

"괜찮습니다. 서로 얼굴을 보았으니 된 거 아닙니까?"

"그럼 네가 생각한 그 방법을 알려 줄래?"

* * *

한 사내가 있었다.

그의 이름은 영포.

정급의 직원으로, 은해상단 사천지부에서 비단을 담당하는 조의 행수이다.

지부에서도 제법 높은 위치.

비단을 경매하거나 판매하는 곳에 종종 들르다 보니 단씨상단과 인연을 맺게 된 건 어찌 보면 당연했다.

단씨상단 역시 비단 사업에 손을 뻗고 있었으니까.

그러던 어느 날, 단씨상단에서는 그에게 좋은 곳에서 한잔하자며 다가왔다.

경쟁 상단의 사람과 함께 기루에 갔다는 것을 다른 사람이 보면 곤란했기에 그는 거절하려 했다.

하지만 그런 영포에게 단씨상단의 사람은 특급 대우를 받는 이들만이 출입할 수 있다는 '뒷문'으로 안내했다.

그리고 눈이 돌아갈 만큼 아름다운 기녀들에게 접대를 받으며 성대한 술자리를 가졌다.

눈앞에는 평소 보지도 못했던 산해진미에, 귀한 술이 가득했다.

자신에게 아양을 떨며 술을 따르는 기녀의 교태에 자신도 모르게 눈이 풀려 갔다.

하지만 그는 불안했다.

이런 대접에는 공짜가 없는 법이다.

그는 자신을 데리고 온 단씨상단의 사람에게 물었다.

"그래서, 나에게 원하는 것이 무엇이오? 내게 원하는 것이 있으니 이리 대접하는 것 아니오?"

"하하하, 우리 사이에 섭섭하게 그게 무슨 말씀입니까?"

"어서 말해 보시오."

영포가 재차 묻자, 그는 씩 웃으며 말했다.

"별건 없습니다. 그냥 은해상단 내부의 일을 조금 알고 싶다는 호기심이 있을 뿐입니다."

"그게 무슨!"

버럭하는 영포에게 그자는 여전히 웃으며 말했다.

"생각해 보십시오. 상단에 그렇게 충성하면 뭐 합니까? 상단에는 수백만 냥의 이득을 가져다줬지만 행수님의 손에 돌아온 건 얼마나 됩니까?"

"……."

그의 앞에 주머니를 내밀었다.

"이건 무엇이오?"

영포는 주머니를 열어 보았고, 깜짝 놀랐다. 그 안에는 은자가 가득했기 때문이다.

"나는 받을 수 없소."

"오늘 받으신 접대는 마음에 드셨습니까?"

"……."

대답할 수 없었다.

이런 것이 극락이구나 싶을 정도로 좋았으니까.

"이런 즐거움, 돈이면 됩니다."

"……."

"그리고 이런 접대, 윗분들은 다 즐기는 겁니다."

"……."

"이런! 죄책감을 느끼시는군요! 죄책감 가질 것 없습니다. 그저 가지고 있는 정보를 대가로 이득을 얻는 것입니다. 하오문 같은 곳과 뭐가 다릅니까?"

"그, 그렇긴 하지만……."

"그럼요."

집에 돌아온 영포는 주머니 안의 은자를 보면서 오늘 경험한 것들을 떠올렸다.

자신도 그렇게 살아 보고 싶다는 생각이 들었다.

다음 날 그는 또다시 기루에 갔다.

당연히 기루에서는 거금을 지닌 그에게 정성을 다해 접대했고, 마치 구름을 타고 붕붕 나는 듯한 기분에 그는 정신을 차리지 못했다.

쾌락이라는 건 참으로 무서운 거다.

경험하기 전이면 몰라도, 한번 경험하고 나면 그걸 끊는다는 건 어지간한 결단이 없으면 결코 불가능했다.

영포는 결국 자신의 쾌락을 위해, 그리고 욕심을 채우기 위해 단씨상단과 손을 잡았다.

처음 단씨상단에서 요구하는 건 별 중요한 내용이 아니었다.

그저 이번에 은해상단에서 필요로 하는 비단이 몇 필인지, 그 비단을 어디로 옮기는지 등등 자잘한 정보들이었으니까.

그러나 저들이 원하는 정보는 점점 더 커졌고, 영포 역시 간이 커지기 시작했다.

그러던 어느 날 호북의 은해상단 본단에서 한 가지 명령이 내려왔다.

그건 단씨상단을 감시하여 혹시 이상한 움직임을 보인다면 즉각 보고하라는 명령이었다.

당연히 이에 대한 정보 역시 단씨상단에 넘겼다.

얼마 후, 한 조원이 그에게 보고했다.

"행수님, 단씨상단의 움직임이 이상합니다."

"그래? 내가 좀 더 알아보고 윗선에 아뢸 테니 너는 다른 일에 전념하도록 해라."

"알겠습니다."

그리고 영포는 이를 빌미로 단씨상단에 넉넉한 선물을 요구했다.

단씨상단은 잘 부탁한다면서 그에게 생각보다 더 넉넉한 선물을 건넸다.

이때까지만 해도 그는 자신의 앞날에 아무 문제가 없을 거라고 생각했다.

얼마 후, 은해상단에 비상이 걸렸다.

자무인형에 대한 좋지 않은 소문이 돌기 시작하면서 판매량이 급감했기 때문이다.

그 소문을 낸 범인이 단씨상단이라는 것은 금방 밝혀졌다.

당연히 단씨상단을 감시하고 있던 사천지부의 지부장의 심기가 좋지 않은 건 당연했다.

한바탕 난리가 났지만, 다행히 영포와 단씨상단의 관계는 밝혀지지 않았다.

'이러다 들키는 거 아니야?'

점점 불안해졌다.

그러나 그는 단씨상단이 주는 선물로 영위하던 화려한 삶을 포기할 수 없었다.

그 와중에 출처를 알 수 없는 소문이 퍼지기 시작했다.

자무인형에 영혼이 들어 있고 그 영혼이 돈을 많이 벌게 해 준다는 소문이었다.

그 소문으로 인해 자무인형은 판매량을 회복했다고 했다.

그 후, 단씨상단으로부터 만나자는 전갈을 받았다.

.
.
.

인적 드문 숲속의 장원.

그곳은 영포가 비밀리에 마련한 그의 안가이다.

당연히 그곳을 지키는 무사들도 고용했다.

세 명의 무사들이 그곳을 지키고 있었다.

"오셨습니까?"

"그래."

자신에게 예를 표하는 무사에게 그는 거드름을 피우며 대답했다.

"별일 없었지?"

"별다른 일은 없었습니다."

"수고해라."

그는 장원 안으로 들어갔고, 그를 바라보는 무사의 눈빛은 증오로 가득했다.

'내가 독약만 먹지 않았어도…….'

한편, 장원 안으로 들어온 영포는 혀를 찼다.

'진짜 재물을 지키는 것도 힘든 일이야. 무사를 세 명이나 고용해야 하고 말이지.'

그는 생각보다 철저했다.

지금까지 들키지 않은 것만 봐도 그가 얼마나 철저한 사람인지 알 수 있었다.

젊은 나이에 은해상단의 정급 직원이 된 것만 봐도 능력이 있다는 방증이다.

장원 안에 온갖 귀중품이 보관되어 있으니, 누군가 훔

쳐 가지 않을 거라는 보장이 없다.

해서 이를 지키기 위해 무사들을 고용했다.

하지만 그 무사들이 역으로 자신을 죽이고 물건을 취할 가능성도 있었다.

하여 그는 독을 구했고, 계약을 하러 온 무사들에게 그 독을 먹였다.

그 독은 한 달에 한 번 해독약을 먹지 않으면 고통에 몸부림치다가 죽는 그런 지독한 독약이다.

그렇게 그들의 목숨 줄을 쥔 것이다.

장원 안은 무척이나 화려했다.

곳곳에는 값비싼 물건들이 즐비했고, 그걸 보고 있노라면 그는 기분이 좋아졌다.

그가 오랜만에 이곳에 온 이유가 있었다.

"행수 계신가?"

바로 이곳이 단씨상단의 사람과 만나는 장소였기 때문이다.

곧 평범하게 생긴 한 남자가 들어왔다.

"하하하! 임 행수 오셨소?"

"여전히 신수가 훤하십니다그려?"

"농도 잘하시오. 요즘 일이 바빠서 제대로 쉬지를 못해 피부가 거칠어졌는데 말이오."

그러나 영포는 퇴직을 생각하지는 않았다.

그도 알았다.

자신이 퇴직하는 순간, 단씨상단에서는 자신을 버릴 것임을.

은해상단 소속이 아닌 그는 더 이상 쓸모가 없으니까.

"그래서 오늘은 왜 찾아오셨소?"

"내 행수에게 서운하오."

"서운하다니? 그게 무슨 말이오? 나는 그쪽에게 성의를 다했다고 생각하는데?"

"자무인형이 돈을 벌게 해 준다는 소문은 분명 은해상단에서 퍼트린 것일 터인데…… 그에 대한 언질을 잊은 것이오?"

"억울하오."

진짜 억울했다.

"나는 그에 대해 전혀 모른단 말이오. 아니, 우리 사천지부에서도 그에 대해 전혀 모르는 눈치요. 오히려 지부장이 당황했는데 내가 어찌 알았겠소?"

"정녕 사실이오?"

"물론이오. 만약 이를 알았다면 당장 보자고 전갈을 보냈을 것이오. 선물을 받을 수 있는 정보인데 말이오."

"하긴……."

단씨상단주의 심복인 임 행수는 영포를 바라보았다.

그동안 단씨상단에서 준 선물로 배를 불리고 있는 자이다.

그런 자가 그런 정보를 그냥 가지고만 있을 리 없다.

자신의 입에 더 많이 처넣으려고 할 터.

'정말 몰랐던 거군.'

욕심으로 흐릿해진 눈을 보며, 심복은 속으로 미소를 지었다.

주제에 능력은 있다.

이제 정급에서 병급으로 승진한다면 더 많은 정보를 뽑아낼 수 있을 것이다.

'그래서 상단주님께서 이렇게 거금을 투자하시는 것인가? 은해상단을 먹으시려고?'

천하 백대 상단 중 말석에 불과하다 해도, 그 자체로 먹음직스러운 먹이다.

그리고 원래 상계란 먹고 먹히는 곳.

집 안에 들어온 쥐새끼를 단속하지 못한 은해상단의 잘못일 뿐이다.

"여기, 받으시오."

그는 챙겨 온 보따리를 내밀었다.

"오늘은 제법 묵직합니다?"

"상단주님께서 좀 더 신경 써 달라고 하셨소."

"걱정하지 마시오. 내 그리하겠소."

그렇게 단씨상단주의 심복은 돌아갔다.

그리고 자신의 방으로 들어온 영포는 보따리를 풀었다.

"오오!"

금덩이의 화려한 자태에 그는 넋이 나갔다.

그 탓에 그는 깨닫지 못했다.

천장에서 누군가 그 모습을 보고 있음을 말이다.

.

.

.

며칠 후.

그는 금덩이를 팔아 돈을 마련하기 위해 한 전장을 찾았다.

그의 단골 전장이었다.

모든 것을 비밀로 해 주는 대신에 수수료를 좀 많이 떼긴 했지만, 그만큼 안전했다.

그리고 영포는 그곳에서 믿을 수 없는 이야기를 들었다.

"하! 지금 저를 놀리시는 겁니까?"

"무슨 소리인가? 놀리다니? 내가 자네를 왜 놀리나?"

"그럼 이건 뭡니까? 이런 가짜 금덩이를 가져오시다니요? 지금 저를 바보로 본 거 아닙니까?"

"가, 가짜? 무슨 말인가? 가짜라니? 그건 틀림없는 진짜 금덩이란 말일세!"

영포의 항변에 전장의 직원은 금덩이를 바늘로 긁어 보이며 말했다.

"보십시오. 이걸 조금만 긁어내도 표면의 금박이 떨어

져서 안에 들어 있는 쇳덩이가 보이지 않습니까?"

"……."

으득…….

진짜였다.

혹시나 하는 마음에 그는 자신이 들고 온 금덩이를 전부 가리키며 말했다.

"저, 저것들도! 저것들도 확인해 보게!"

"그러죠."

결과는 하나를 제외한 모두가 가짜였다.

처음에는 어처구니가 없었지만, 이내 서서히 분노가 차올랐다.

'이제 나를 버리겠다는 의미군!'

그게 아니고서야 자신에게 이런 치욕을 안겨 줄 수는 없는 법이다.

하지만 이걸 어디에 하소연할 수도 없었다.

그 순간 자신이 단씨상단의 쥐새끼 노릇을 했음이 밝혀지게 될 테니까.

그렇다고 단씨상단에 따질 수도 없는 노릇이다.

가짜 금덩이 중 단 하나의 진짜 금덩이만 그에게 전달하는 의미는 '이제 넌 이것만 받으면서 우리의 충실한 쥐가 되어 달라'라는 것일 터이다.

이미 자신의 목에는 단씨상단의 목줄이 매여 있었다.

만약 단씨상단에서 그동안 쥐새끼 노릇을 했음을 밝힌

다고 협박한다면?

자신은 꼼짝없이 당할 터.

자충수다.

그자 자초한 자충수였지만, 그래도 이대로 당하고만 있을 순 없었다.

.

.

.

며칠 후.

은해상단 사천지부에 본단에서 사람들이 왔다.

그들 중에는 상단주의 셋째 아들이라는 자도 속해 있었는데, 상당한 미청년이었다.

어느 날, 영포는 우연히 은서호라는 자와 지부장이 나누는 대화를 듣게 되었다.

"처음에는 이곳 사천성에서 죽염 사업을 생각했었습니다만."

사천성의 소금과 대나무는 죽염이라는 약재를 만드는 재료였다.

"아쉽게도 그건 접기로 했습니다. 좀 위험하다는 윗선의 정보가 있었습니다."

그 대화를 듣는 순간, 영포는 이거다 싶었다.

'내 목줄을 쥐었다고 생각했겠지만, 흐흐흐. 내 거하게 엿을 먹여 주마!'

버릴 땐 버리더라도, 버리는 쪽은 자신이 되어야 했다.

그는 곧 단씨상단에 만나자는 전갈을 보냈다.

* * *

단씨상단의 상단주는 수하에게 보고를 듣고 있었다.

"소금?"

"그자가 준 정보입니다. 은해상단주 셋째 아들의 말을 들었다고 합니다. 소금을 미리 사 두면 큰돈을 벌 거라는 윗선의 정보가 있었다 합니다."

"그래?"

"지금 하동 지방에 돌림병이 돌기 시작했는데, 그 병에는 소금물로 목욕하는 것이 큰 효험이 있다고 합니다."

"그러면 소금값이 비싸질 거라는 이야기군."

"은해상단에서는 소금을 살 자금을 마련하는 데 약 열흘 정도 걸릴 것 같고, 그 전에 단씨상단에서 먼저 소금을 사들이라는 전언입니다."

수하의 말에 단씨상단의 상단주는 씨익 웃었다.

"이거, 평소보다 넉넉하게 챙겨 준 보람이 있군."

"저 역시 그렇게 생각합니다."

그동안 영포가 물어다 준 정보들은 모두 틀림없는 사실

이었다.

그렇기에 영포가 앙심을 품고 거짓된 정보를 알려 줬다고는 생각하지도 못했다.

게다가 그들이 영포에게 건넨 것은 틀림없는 금덩이 다섯 개였으니까.

그래도 상인이란 자들은 언제나 신중에 신중을 기하는 족속들이다.

"그 정보, 사람을 보내서 알아보도록."

"알겠습니다."

그리고 삼 일째 되는 날, 하동 지방의 일과 소금에 대한 것이 사실임이 밝혀졌다.

이어서 소금값이 이전보다 조금 더 오르기 시작했다.

그건 즉, 앞으로 소금값이 더 오를 거라는 방증.

"지금 우리에게 자금이 얼마나 있지?"

단씨상단주는 남은 자금의 액수를 들었다.

"그렇군. 이럴 줄 알았다면 그자의 말대로 진즉에 소금 매입을 시작했어야 했어."

"지금이라도 늦지 않았습니다. 돌림병의 기세가 심상치 않다고 합니다."

잠시 생각하던 단씨상단주가 결정을 내렸다.

"남은 자금의 반을 투자하도록 하지."

"알겠습니다."

            * * *

나는 숙부님의 집무실에 있었다.

"어떻게 되었나요?"

내 물음에 숙부님이 빙긋 웃으셨다.

"드디어 움직였다."

"결국, 저희가 내놓은 계책에 걸려들었네요."

나는 피식 웃으며 며칠 전을 떠올렸다.

내가 빼돌린 금덩이 때문에 영포 행수는 단씨상단에 불만을 가지게 되었다.

내가 다섯 개의 금덩이 중 네 개만 가짜로 바꿔치기한 것은 이유가 있다.

전부 가짜였다면 영포 행수는 당장 단씨상단에 달려갔을 테고 그럼 이 계략은 실패다.

물론 얼마든지 계략을 바꿀 수 있었지만, 그건 좀 귀찮았으니까.

하지만 금덩이 하나는 진짜이니 여기서 오해가 생겨나는 것이다.

하여 독기를 품은 영포 행수는 단씨상단에 던져 줄 똥을 찾는 중이었고, 나와 숙부님은 그 똥을 마련해 준 것이다.

우리가 대화할 당시, 여응암 무사는 지붕 밑에서 그의

행동을 살피고 있었다.

우리의 대화를 가만히 듣다가 히죽 웃었다고 했다.

그리고 내 생각대로 단씨상단이 움직인 것이다.

"그런데 말이다."

"네, 숙부님."

"전에 네가 했던 말이 정말 사실이냐? 곧 죽염, 아니, 소금을 파는 데 있어 큰 제약이 있을 거라는 것 말이다."

"네, 사실입니다."

"하지만 지금 소금값이 오르는 추세로 봐서는 소금을 사 놓으면 막대한 이익을 얻을 것 같은데?"

"물론 그렇게 보이겠죠. 하지만 여기서 생각해 봐야 할 것이 두 개가 있습니다."

나는 차로 목을 축이고는 말을 이었다.

"하나는 소금이 필요한 이유가 돌림병 때문이라는 것, 그리고 다른 하나는 값이 오르는 품목이 바로 소금이라는 것입니다."

내 말에 숙부님은 잠시 생각하더니 이내 경악스러운 눈으로 나를 보았다.

"황궁!"

"역시 숙부님이십니다."

그렇다.

곧 황궁이 움직인다.

"저는 소금 전매제 시행을 예상하고 있습니다."

예상?

아니, 반드시 시행된다.

이것이 내가 사천성에 와야 했던 이유다.

생명 유지는 물론, 일상생활에서도 반드시 필요한 것이 바로 소금이다.

그 소금의 가격이 오른다면 평민들의 삶이 더 어려워지는 것은 당연한 일이다.

어느 정도까지 적당히 오른다면 황궁에서도 보고만 있을 것이다.

상인들이 또 난리 치는구나 하고 말이다.

하지만 이번에는 좀 달랐다.

돌림병에 대한 소문이 중원에 퍼지면서 많은 이들이 평소보다 더 열심히 소금을 찾게 되자, 상인들은 경쟁적으로 소금을 사들였고 그로 인해 소금값이 천정부지로 치솟았기 때문이다.

상인들도 할 말이 있는 것이, 그들이 사 온 소금값에 이윤을 붙여야 했으니까.

그 일촉즉발의 상황에서 도화선에 불을 붙인 사건이 발생했다.

바로 초야에 묻혀 살던 한 유생이 황제에게 상소를 올린 일이었다.

요약하자면…….

늙으신 어머니를 봉양하기 위해 소금이 필요하다. 어머니께서는 이가 없으셔서 유일하게 드실 수 있는 반찬은 소금뿐이다. 그런데 돈을 주어도 살 수가 없으니 어머니 봉양을 하지 못해 슬프다. 황제가 해결해 달라.

대략 이런 내용이다.

이 일은 황제가 상계에 개입할 아주 좋은 명분이 되었다.

황제는 즉시 조사를 명했고, 그 결과 법이 만들어졌다.

그것이 바로 소금 유통법이다.

첫째, 소금은 황실이 지정한 황실 직속 상단이 독점적으로 판매한다. 단, 이는 도매에만 해당한다.

둘째, 소매상의 경우 반드시 황실 직속 상단에서 소금을 구매해 팔아야 하며, 황실 직속 상단에서 발행한 판매 허가증이 있어야 소금 소매를 할 수 있다.

셋째, 소금 도매 단위는 제한이 없지만, 소매 단위는 최대 한 말이다.

넷째, 이를 어길 시 국법에 의해 처벌된다.

소금 전매제를 더 솔직히 말하자면, 황궁이 소금을 관리하면서 그 이익금을 꿀꺽하겠다는 것이다.

이외에도 자잘한 세부 사항이 있었지만, 이 법이 공표되면서 기존부터 소금을 판매하던 상단은 물론이고 이번 소금 대란에 뛰어든 수많은 상단은 막대한 손해를 볼 수밖에 없었다.

상당히 많은 자금을 투자하여 소금을 사들였지만, 그 소금을 팔 수 없게 되어 버렸기 때문이다.

소금을 처리할 수 있는 선택지는 단 한 곳.

황실 직속 상단에 넘겨 처분할 수밖에 없었다.

당연히 황실 직속 상단은 황제가 정해 준 가격으로 매입했다.

그 바람에 쫄딱 망한 상단도 여럿 나왔다.

이것이 바로 내가 겪은 미래에 있던 그 유명한 '소금의 눈물' 사건이다.

물론 황궁에 선이 닿은 이들은 미리미리 이런 움직임을 알고 소금을 처리해 버렸다.

하지만 그런 끈이 없는 이들은 속수무책으로 당할 수밖에 없었다.

그리고 단씨상단에게 황궁과 연결된 끈이 있을 리가 없다.

다른 상인들이 그런 정보를 알려 줄 리도 없다.

피도 눈물도 없는 상계에서 누구 좋으라고 그런 정보를 뿌릴까?

이제 막 소금을 사들이기 시작한 단씨상단은 더 많은

소금을 사들일 것이다.

그리고 앞으로 한 달 뒤.

피똥 쌀 거다.

우리 은해상단은 그런 소금의 눈물 사건이 불러일으킨 일련의 폭풍에서 무탈했다.

그건 "이런 상황에서 소금으로 폭리를 취한다는 건 옳지 않다."라는 아버지의 결정 덕분이었다.

은월각의 각주들도 아버지의 결정을 지지해 주었다.

나는 이런 우리 상단이 너무 좋다.

하지만 이번에는 좀 달라야 했다.

호랑이를 만나도 호랑이에게 물건을 팔아먹어야 진정한 상인이 아니겠는가.

"아, 그래도 눈속임이 좀 필요합니다. 저희가 움직여야 단씨상단도 아무 의심 없이 움직일 테니까요. 그러니까 저희도 소금을 좀 매입하죠."

"눈속임을 위해서라지만…… 이런 상황에서 우리도 소금 매입에 뛰어든다는 건 난감하구나. 우리 때문에 사람들이 더 큰 피해를 볼 것 아니냐?"

역시 숙부님도 아버지와 같이 우려를 표하셨다.

"저희는, 이 소금을 다른 곳에 투자를 할 겁니다."

"다른 곳이라면?"

"소금을 구하지 못해 애타는 빈민들에게 소금을 한 홉씩이라도 나누어 주는 겁니다."

"무료로?"

"네, 무료로 말입니다."

내 말에 잠시 생각하던 숙부님은 감탄스러운 눈으로 나를 보았다.

그렇다.

돈만 상단의 자산이 아니다.

평판 역시 큰 자산이다.

자무인형에 대한 헛소문으로 떨어진 평판을 다시 끌어올릴 기회였다.

또한, 현재 나만이 알고 있는 기회가 있다.

그 기회를 놓칠 순 없다.

그런데 숙부님께서 왜 저렇게 부담스러운 눈으로 나를 바라보시지?

"큼큼, 숙부님?"

"알겠다. 네 말대로 하마."

.

.

.

얼마 뒤.

나는 지부의 사람들을 이끌고 빈민촌으로 나왔다.

내 뒤에는 소금을 가득 실은 수레 여러 개가 줄줄이 따라오고 있었다.

오늘 우리는 소금 무료 나눔을 할 것이다.

내 뒤에는 은풍대의 이 조장 구지성이 따라붙었다.

"그런데 저거 오늘 다 무료로 뿌리는 겁니까?"

구지성 조장의 물음에 나는 고개를 끄덕였다.

"네."

"……."

뭔가 할 말이 많다는 표정에 나는 피식 웃었다.

"아까우시죠?"

"당연한 것을 물으십니다."

"아까워하지 마십시오. 저거 다 투자입니다."

나는 말을 이었다.

"저는 상인이지 자선가가 아닙니다. 전부 이득이 된다고 생각하니까 이러는 겁니다."

오늘 나는 무료로 뿌리는 소금값의 몇십 배, 아니 몇천 배 이상을 뽑아 먹을 생각이다.

"그런데 사천은 진짜 덥군요. 도련님은 안 더우십니까요?"

"저는 괜찮습니다."

나는 빙공을 익혔기에 더위를 별로 타지 않았다.

그에 반해 다른 이들은 사천 특유의 덥고 습한 기온 때문에 땀을 줄줄 흘리고 있었다.

그래서 사천은 소금이 무척이나 필요한 곳 중 한 곳이니, 오늘 소금 무료 나눔의 반응이 어떨지 상상하지 않아도 알 수 있다.

곧 미리 물색해 놓은 장소에 도착했다.

탁자를 설치하고 그 앞에 사람들이 줄을 설 수 있도록 유도선을 설치했다.

이건 내가 겪었던 미래에 누군가 생각해 낸 것으로, 허리까지 오는 나무 기둥과 붉은색 끈으로 줄을 서도록 유도하는 것이다.

마치 뱀이 똬리를 튼 것 같은 모양으로 유도선을 설치하면 우르르 몰리는 것보다 빠르고 안전하게 행사를 진행할 수 있었다.

탁자 위에 소금 가마니가 쌓였다.

소금을 담을 작은 봉투를 놓고 그곳에서 직접 소금을 담았다.

이 봉투는 정말 작아서 소금이 딱 두 숟가락 들어갈 정도이다.

최대한 많은 이들에게 나누어 줘야 했으니까.

혹시라도 '담는 양이 다르다'라는 불만이 나올 수도 있기에 정량을 담을 수 있는 그릇도 만들었다.

어느 정도 양이 나왔을 때, 그 소금을 우선 오늘 지원을 나온 포졸들에게 나누어 주었다.

미리 현청의 지현 대인에게 오늘 행사에 대해 말하면서 협조를 구했다.

사람들을 대상으로 하는 이런 일은 현청과 미리 이야기해 놔야 나중에 딴지를 걸지 않는 법이다.

물론 이 과정에서 약간의 돈과 소금이 오갔지만 말이
다.

그래서 지현 대인이 포졸들을 지원해 준 것이다.

소금을 귀하게 생각하는 건 포졸들도 다를 바 없고, 이
렇게 미리 기름칠을 해 놔야 향후 문제가 없을 터.

"오늘 잘 부탁드립니다."

"하하하! 걱정하지 마십시오."

"최선을 다하겠습니다."

오늘, 소금을 나누어 주는 행사를 주도하는 자들은 내
사촌들이다.

향옥 누님이 내게 물었다.

"그런데 왜 우리가 전면에 나서야 하는데?"

"모두를 위해서입니다."

"너는 똑똑하니까 네 말을 들어서 나쁠 건 없겠지."

그리 말하며 소금을 나누어 주는 곳에 섰다.

그들을 전면에 내세우는 건 사천지부의 미래를 위해서
다.

이렇게 은해상단의 사천지부의 사람들이 사천을 위한
다는 것을 보여 줌으로써 충성심을 자극할 수 있다.

사천지부에서 일하는 자들은 대부분이 사천 사람이며,
거래하는 자들도 사천 사람들이니까.

그리고 사천 사람들은 똘똘 뭉치는 뭔가가 있다.

그런 상황에서 사천 사람인 숙모님과 혼인하여 숙부님

과 그 자녀들도 사천 사람이라 받아들이긴 하지만, 뭔가 알 수 없는 약간의 거리감이 있었다.

내가 본 가장 큰 이유는 '사천의 재물을 다른 지역으로 가지고 갈 자들'이라는 인식 때문이다.

하지만 이렇게 사천에서 번 재물을 사천을 위해 베푸는 것으로 인식을 바꿀 수 있다.

그러니 그 전면에는 사천에서 일하는 이들이 있어야 했다.

곧 돌아갈 내가 아니라.

이제 준비가 되었다.

나는 미리 준비해 온 깃발을 꽂으라 명했다.

펄럭!

은해상단이라는 이름이 적힌 깃발이 펄럭였다.

오늘 예감이 아주 좋다.

.

.

.

"소금을 나누어 드립니다!"

"소금을 무료로 나누어 드립니다!"

"어서 와서 받아 가세요!"

사람들은 머뭇거렸다.

진짜 무료로 주는 건지, 그리고 그 소금이 진짜인지 의심되기 때문일 터.

그들도 소금이 얼마인지 안다.

물가에 가장 민감한 건 부유한 이들보다 가난한 이들이니까.

"세상에! 저게 다 소금이라고?"

"저걸 무료로 나누어 준다고? 미쳤어?"

"에이, 설마."

내 귀에 그들의 목소리가 들렸다.

이때 필요한 건 바람잡이다.

곧 우리가 미리 섭외한 바람잡이들이 나타났다. 그들은 어슬렁어슬렁 다가와 물었다.

"정말 소금을 무료로 주는 거요?"

그 물음에 나는 대석 형님의 옆구리를 콕 찔렀다.

"네, 물론이죠."

"이 소금, 진짜 소금입니까?"

"그럼요! 이게 가짜 소금이면 현청에서 나오신 분들이 도움을 주시겠습니까?"

그제야 조금 신빙성이 생긴 모양이다. 사람들이 줄을 서기 시작한 것을 보니 말이다.

이걸로는 좀 부족한데?

사람들의 미적지근한 반응을 뜨겁게 달굴 뭔가를 고민하던 그때 포졸들이 말했다.

"거참! 왜 이리 의심이 많아? 진짜 소금 맞다니까!"

"저거 다 나눠 주면 끝이니까 얼른얼른 받아 가소!"

"지현 대인께서 허가하신 행사라니까."

"소금을 구하지 못해서 힘들다는 말을 듣고 은해상단에서 큰맘 먹은 건데 말이지."

적당한 시기에 끼어드는 포졸들.

역시 초반에 기름칠한 보람이 있네.

그 말에 미적거리던 사람들의 행동이 빨라졌고, 곧 행사는 점점 뜨거워졌다.

소금을 나누어 주며, 상단 홍보도 잊지 않았다.

"은해상단에서 무료로 나누어 주는 소금입니다."

그리고 두 번 줄을 선 이들은…… 내가 잡아냈다.

"오늘 백스무 번째로 오셨던 분이네요. 맞죠?"

"험, 험험……."

"다른 분들도 소금을 받으셔야죠."

그리고 옆에 서 있는 포졸들과 은평대의 무사들을 본 그는 침을 꿀꺽 삼키고 부리나케 도망갔다.

꼭 이런 얌체 같은 자들이 있기 마련이지.

그때 나는 저 멀리에서 이곳을 바라보고 있는 이들을 발견했다.

나는 속으로 쾌재를 불렀다.

내가 '오늘', '이곳에서', 소금을 무료로 나누어 주는 일을 하기로 한 이유가 바로 저들 때문이다.

"잠시 물 좀 마시고 오겠습니다."

나는 살짝 빠졌다. 그러고는 옆에서 물을 마시는 척하

면서 팔갑의 발을 툭 쳤다.

이에 눈치 빠른 팔갑이 내게 말했다.

"그나저나, 이걸로 사람들에게 조금이나마 힘이 되었으면 합니다요."

지금의 이 말은 내가 미리 팔갑에게 언질을 준 거다.

저들의 관심을 끌기 위해서.

"솔직히 역부족일 거야."

나는 말을 이었다.

"소금값은 너무나도 많이 올랐고, 일개 상단의 힘으로 저들을 모두 도울 수는 없으니까."

"하긴, 그렇긴 하죠."

"그래도 사람들이 조금이라도 웃을 수 있으면 그걸로 됐어."

그들을 보지 않는 척하며 그런 대화를 주고받았다.

내 말을 들었는지 그들 중 하나가 내게 다가왔다.

내가 아는 그라면, 내 말을 듣고 내게 관심을 보이지 않을 리가 없다.

일단 관심은 끌었나?

오십 대 정도로 보이는, 일견 평범해 보이는 남자가 나를 불렀다.

"이보게, 청년."

"네. 저를 부르셨습니까?"

나는 공손히 그의 부름에 응했다.

"자네, 혹시 여기 은해상단 사람인가?"

"그렇습니다."

"관계가 어찌 되는가?"

"은해상단의 상단주가 저희 아버지 되십니다."

"그렇군."

그는 고개를 끄덕였다.

"자네 역시 요즘 소금값이 얼마인지 알겠지?"

"물론입니다."

"아깝지 않은가? 그 소금을 이리 나누어 주는 것이?"

"아깝지 않습니다."

"……얼마인지 알면서 아깝지 않다고? 소금값이 더 오를 텐데? 그때 이걸 팔면 이문을 더 얻을 수 있을 것이고…….”

그는 의아하다는 듯 물었다.

"그렇겠죠."

"자네는 상인이 아닌가? 모름지기 상인이라면…….”

"물론 상인은 이문을 위해서라면 목숨도 거는 이들입니다. 저 역시 그렇죠. 하지만 그것과 이건 좀 다릅니다."

"다르다?"

내 말에 그는 고개를 갸웃했다.

"저희 상단이 돈을 번 것은 백성들이 있기 때문입니다. 현재 소금으로 인해 백성들이 힘들어하고 있습니다. 특히나 형편이 어려운 이들은 더욱 힘들겠죠."

나는 말을 이었다.

"하여 그 이문을 나누는 것뿐입니다."

"이문을 나눈다?"

"상인과 백성은 공생 관계입니다. 그 공생 관계 중 하나가 깨어지면 다른 한쪽도 힘들어지는 법입니다. 하여 균형을 맞추기 위해 미력한 힘이나마 보태는 것뿐입니다."

나는 하하 웃었다.

"이거 다 저희 상단에 이득이 되어서 이러는 겁니다. 아까 말씀드렸듯이 저는 상인이니까요."

"이상한 상인이군."

"그럴지도 모르죠."

"그리고 은해상단이라…… 이상한 상단이군."

"하하하. 아버지가 들으시면 좋아하실 겁니다."

내 천연덕스러운 말에 그는 옅게 웃으며 고개를 끄덕였다.

"내 우문에 대답해 주어서 고맙네."

"별말씀을요."

그는 휘적휘적 걸어서 일행에 합류했고, 잠시 지켜보다가 사라졌다.

다행히 좋은 인상을 남긴 듯했다.

이것으로 오늘 이곳에 온 소기의 목적은 달성했다.

내가 오늘 소금 무료 나눔 행사를 계획한 건 단순히 상단에 대한 인식을 높이기 위함만이 아니다.

방금 내게 질문한 자에게 좋은 인상을 남기는 것 역시 중요하다.

다시 말하지만, 나는 이문을 보고 움직이는 상인이다.

자선가가 아니다.

그래도 내가 아까 그에게 말했던 것들이 거짓은 아니다.

상인과 백성은 함께 더불어 살아가는 존재라는 건 내가 평소에 가지고 있던 생각이다.

단지 저 사람이 좋아할 만한 단어를 골랐을 뿐이다.

"그런데 말입니다요. 저분은 대체 누굽니까요? 누구기에 저에게 그리 말하라고 하신 겁니까요?"

팔갑의 속삭임에 나 역시 작은 목소리로 말했다.

"나중에 알게 될 거야."

지금은 말할 수 없다. 듣는 귀가 많으니까.

저 사람의 이름은 진우림(珍優林).

황제가 소금 전매를 위해 만든 황실 직속 상단인 '염평상단(鹽平商團)'의 상단주다.

이미 그는 상단주로서 소금값을 조사하라는 황제의 성지를 받고 온 중원을 다니는 중이다.

그리고 그가 오늘 이곳에 올 것을 알고 있었다.

훗날 그가 천하 십대 상단의 모임에서 사천에 왔을 때 있었던 사건에 대해 말했었고, 내가 그걸 기억하고 있기 때문이다.

진노한 황제에 의해 상단 하나가 하룻밤 사이에 사라진 사건이었다.

* * *

깊은 밤, 사천 성도 저자를 한 무리의 이들이 걷고 있었다.

그들은 염평상단의 상단주 진우림과 그를 호종하는 무리들이다.

이번 소금 대란으로 인해 황제는 소금을 전매할 상단을 만들어 그곳에서 소금을 관리하기로 했다.

이미 황실 직속 상단을 만들고 상단주도 임명했다.

그곳의 상단주가 진우림이다.

진우림은 황제와 깊은 인연이 있었다.

현 황제는 보위에 오르기 위해 북경으로 가야 했는데, 그를 노리는 이들이 워낙 많았다.

하지만 노리는 이들의 힘에 비해 지킬 수 있는 이들이 부족했기에 몰래 가는 게 최선이었다.

그 방법을 고민하고 있을 때 도움을 준 이가 바로 진우림이다.

신분을 숨긴 채 간절히 부탁하는 황제를 흔쾌히 자신의 표행길에 동행시킨 것이다.

덕분에 황제는 무사히 보위에 오를 수 있었다.

황제는 그 은혜를 잊지 않았고, 이번 황실 직속 상단을 만든 후 상단주 자리에 진우림을 앉힌 것.

소금 전매란 막대한 이권이 오가는 자리였기에, 오가는 향응에 휘둘리지 않을 만한 자가 필요했다.

황제에게 있어 진우림은 믿을 만한 자였다.

아직 소금 유통법, 그러니까 소금 전매제에 대해 정식으로 공표하지는 않았다.

하지만 이미 물밑 작업 중이었다.

그중 하나가 소금값의 실사이고, 이곳 사천은 암염의 생산지인 만큼 진우림이 직접 온 것이다.

시간이 별로 없었다.

하여 이 늦은 밤까지 분주하게 다니고 있었다.

그러던 중 진우림은 자신도 모르게 피식 웃었다. 이를 본 부관이 물었다.

"좋은 기억이라도 떠오르셨나 봅니다."

"아아, 아까 봤던 은해상단의 그 청년이 떠올라서 말이지."

"소금을 무료로 나누어 주던 상단 말씀입니까?"

"그래."

진우림은 고개를 끄덕였다.

"요즘 같은 때에 소금을 무료로 나누어 주다니! 참으로 배포가 큰 상단입니다."

"나 역시 그렇게 느꼈네. 그리고 그 청년과의 대화도 참 뜻깊었네."

그는 말을 이었다.

"상단이 백성들과 이문을 나누는 건 상단과 백성의 공생을 위한 것이라고 하더군."

"아직 약관(弱冠: 20세)도 되어 보이지 않았습니다. 그런 청년이 그런 말을 하다니 놀랍군요."

"분명 그 부친인 상단주가 그리 가르친 거겠지. 그러니 그런 말을 하는 것 아니겠나?"

"마음에 드시는군요."

"소금이라는 요물을 제대로 다룰 수 있는 상단이라는 생각이 들었네."

소금을 전매한다고 하여도 염평상단에서 모든 중원에 소금을 공급하는 것은 무리였다.

여기서 필요한 존재가 바로 소금 소매상이다.

황제는 일부 상단에만 허가증을 주어 소금을 거래하게 할 예정이었다.

그리고 소금 소매를 할 수 있는 상단의 선별을 진우림에게 맡기었다.

진우림은 자신이 적절한 가격에 도매로 넘겨도 소매상들이 농간을 부린다면 소금 전매제의 실효성이 떨어진다고 생각했다.

하여 소금값으로 장난치지 않을 소매상을 찾아 소매 허

가를 내어 줄 생각이다.

그리고 오늘 일로 인해, 그 후보 중에 은해상단이 추가되었다.

그런 바른 생각을 하는 상단주가 이끄는 곳이라면, 충분히 후보에 들 자격이 있다.

그때였다.

"습격입니다!"

진우림을 호위하던 이들이 소리치며, 검을 빼 들었다.

흑의를 입은 복면인들이 갑자기 나타나 그들을 에워쌌다. 딱 봐도 그 수가 적어 보이지 않았다.

순식간에 벌어진 일에 진우림은 대체 무슨 일인가 싶었다.

하지만 이내 정신을 차리고 복면인들에게 일갈했다.

"이게 대체 무슨 짓이냐! 나는 황제의 명을 받고 움직이는 자! 이는 황제 폐하에 대한 불경이다!"

하지만 그들을 둘러싼 복면인들은 그 말에도 아랑곳하지 않고 공격해 오기 시작했다.

'빌어먹을!'

이를 본 진우림은 깨달았다.

저들은 자신들이 누군지 알고 있다.

그럼에도 이리 나온다는 것은 살인멸구하려는 것일 터.

그래야 자신들에게 후환이 오지 않을 테니까.

그래서인지 공격하는 손속에 자비라곤 전혀 없었다.

진우림의 주위에는 개인 호위들만이 아니라 황제가 붙여 준 금의위 소속 무사들도 있었다.

하지만 수에는 장사가 없는 법.

점점 진우림 일행은 밀리기 시작했고, 이내 풍전등화의 상황에 처했다.

사실 그를 노리고 있다는 첩보가 들어왔었다.

하여 황제는 그를 위해 금의위 소속 무사를 열 명이나 보내 주었다.

하지만 소금값을 확실하게 조사하면서 동시에 괜찮은 소매상을 물색하기 위해서는 눈에 띄어서 좋을 것이 없었다.

그런 이유로 호위를 최소화한 것인데 이런 사달이 난 것이다.

'아아! 이대로 죽는 건가? 황제께서 붙여 주신 모든 금의위 무사들을 데리고 오지 않은 것이 후회되는구나!'

진우림은 자신을 습격한 복면인들의 배후가 누군지 알 것 같았다.

몇 군데 정도 짐작 가는 곳이 있었는데, 그중 하나일 터.

그때, 금의위 소속 무사 중 하나가 다가와 숨을 헐떡이며 속삭였다.

"제가 어떻게든 생문을 열겠습니다. 상단주님께서는

그 틈을 타서 도주하십시오."

"하지만 자네는……."

그는 쓴웃음을 지었다.

"황제 폐하께, 맡겨 주신 소임을 다하지 못해 송구하다고 전해 주십시오."

그리고 그는 결심한 듯 검을 고쳐 쥐었다.

그때였다.

탁-!

타악-!

진우림 일행을 습격한 자들의 손에 암기가 박혔다.

"윽!"

"으윽!"

갑작스러운 상황에 모두가 당황한 그때, 한 청년의 낭랑한 목소리가 들렸다.

"복면을 쓰고 습격이라니, 딱 봐도 좋은 의도로 보이지 않네요."

"추포하겠습니다!"

* * *

나는 진우림 상단주 일행이 습격을 당할 것을 알고 있었다.

하지만 정확한 시간과 장소는 몰랐다.

성도의 외곽인 건 알지만.

하여 그 주변에 사람들을 심어 놓았고, 이곳에 심어 놓은 자에게서 신호가 오자 득달같이 달려온 것이다.

지난 삶에서, 진 상단주는 심한 상처를 입지만 죽지 않는다.

금의위 무사의 희생 덕분이다.

하지만 누군가의 희생으로 살아난다면 그건 슬픈 일이다. 평생 마음의 짐을 지고 살아야 하니까.

몇 번 그런 경험이 있기에, 그 마음은 내가 잘 안다.

그 누구도 희생하는 것을 원하지 않았기에 서둘러 온 것이다.

다행히 아무도 죽지 않았다.

오늘 습격이 있을 것을 알았다면 미리 언질을 해 주는 것이 도리겠으나, 나는 그러지 않았다.

내가 언질을 해 줌으로 인해 미래가 바뀐다면, 진 상단주가 죽을 수도 있었다.

예상대로 위급한 상황이 닥쳤을 때, 도움을 주는 것이 훨씬 나은 판단이었다.

챙―!

채챙―!

냉병기 부딪치는 요란한 소리가 점차 잦아들었고, 마침내 모든 이들이 추포되었다.

오늘의 노고를 치하하며 한턱내겠다고 데리고 온 포졸

들은 덕분에 한 건 했다며 희희낙락하고 있었다.

"다행이야. 잘 마무리돼서."

"감사합니다, 향옥 누님."

"뭘, 아미파의 제자로서 불의한 자들을 그냥 두고 볼 수 없었을 뿐이야."

함께 동행한 자들 중에는 두 사촌 형님과 향옥 누님도 있다.

눈도장을 찍어 두어야 했으니까.

나는 사촌들과 함께 진우림 상단주에게 다가가 포권했다.

"또 뵙는군요. 괜찮으십니까?"

"아, 덕분에 무사하네."

"혹시, 아시는 자들입니까?"

복면인들을 가리키며 묻자, 진우림 상단주는 고개를 저었다.

"나를 노리고 있는 이들이 몇몇 있다는 정도는 알지만, 정확히 저들의 정체에 대해서는 알지 못한다네."

그렇군. 진 상단주도 상대의 정체를 정확히는 모르는구나.

하지만 나는 안다.

저들은 동씨상단에서 보낸 이들이다.

내가 저들에 대해 아는 건, 내 지난 삶에서 진 상단주가 습격당한 일로 인해 진노한 황제가 조사를 벌였고 결국 범인을 찾아냈기 때문이다.

황제는 동씨상단주와 이 일에 가담한 수하들까지 삼족을 멸하라는 명을 내렸었다.

솔직히 그건 자업자득이니 불쌍하다거나 안타깝지는 않았다.

하지만 그 조사 과정에서 수많은 무고한 이들이 고초를 당했다.

모진 고문에 죽은 자도 있었고, 불구가 된 자들도 많았다.

죄를 지은 자가 아닌 왜 무고한 자들이 피해를 본단 말인가.

하지만 이번에는 다를 것이다.

우선 진 상단주가 사경을 헤매는 상황도 아니고 또 내가 있으니까.

나는 그 복면인들에게 다가갔다. 이미 그들의 복면은 벗겨진 상태였다.

나는 그들이 사용하던 복면을 들어서 살피다가 피식 웃으며 말했다.

"이 면직물은 강소성의 면직물 중 하나인 범평직(凡平織)이네요."

"범평직?"

"직물은 다루는 상인들 사이에서 사용하는 말입니다. 면포 일 승이 몇 올인지는 아시죠?"

"당연히 알지. 팔십 올 아닌가?"

"네, 범평직은 다섯 승포가 안 되는 것인데 그 질은 다섯 승포만큼이나 좋아서 많은 곳에 두루두루 쓰입니다. 특히 의복을 만드는 데 사용되지요. 그리고."

나는 그 복면의 어느 한 부분을 가리키며 말했다.

"그중에서 특이하게도 이렇게 먹으로 검게 물을 들여도 면포의 끝부분이 물들지 않는 경우가 있습니다."

내가 보여 준 물들지 않은 부분을 보며 진우림 상단주는 고개를 끄덕였다.

"과연! 그렇군!"

"방충을 위해 직물의 양 끝단에 특이한 향이 나는 특수한 기름을 살짝 칠하기 때문이죠. 이 특수한 기름을 사용하는 곳은 단 한 곳뿐입니다."

"그래서 그 천이 강소성의 범평직임을 알아낸 것인가?"

"네."

"대단하군."

"직물을 다루는 상인의 하찮은 재주입니다."

이건 내가 은해포목점을 맡게 되었을 때 경험을 통해 익힌 것이다.

그리고 현재 이 범평직을 독점적으로 판매하는 곳 역시 한 곳뿐이다.

바로 동씨상단이다.

동씨상단은 강소성에 기반을 둔 상단이다.

직물을 생산하던 이들은 이때 당시만 해도 동씨상단의 아래에서 열악한 환경을 견디며 일을 해야 했다.

계약 조건이 그들에게 불리한, 억지 계약이었으니까.

그리고 동씨상단이 풍비박산이 나자 그 기회를 놓치지 않고 독립해 나왔고, 상당한 유명세를 떨쳤다.

"하지만 그 직물을 구입해서 복면을 만들었을 수도 있지 않나?"

"제가 말씀드렸죠? 면포의 끝부분이 물들지 않는 경우가 있다고요."

"……?"

"바로 면포의 끝부분을 잘라내지 않았을 때입니다. 그리고 도매에서 소매로 넘길 때는 반드시 끝부분을 잘라 냅니다. 그 기름에 대한 것을 감추기 위함이죠."

"그 말은?"

"판매하기 전의 면포라는 의미고, 그런 면포를 구할 수 있는 곳은 단 한 곳뿐이죠."

이쯤이면 상대도 이해했을 것이다.

진우림은 쓰게 웃으며 고개를 끄덕였다.

그렇게 한 가지 의문이 풀리자 다른 의문이 생겼는지 나에게 물었다.

"그런데 자네들은 우리가 습격당했음을 어찌 알고 도운 건가?

"귀하께서 습격당했음을 어찌 알았겠습니까? 다만 오늘 수고하신 분들에게 국수라도 한 그릇 사 드리려고 가는 길에 싸우는 소리가 들려서 와 봤을 뿐입니다."

나는 귀밑을 긁적였다.

"제가 호기심이 많아서……."

"천상 상인이군!"

"하하하, 그런가 봅니다. 아무튼, 이리 무사하셔서 다행입니다."

나는 그에게 말했다.

"아, 인사가 늦었습니다. 은해상단 상단주의 아들 은서호라고 합니다."

* * *

진우림은 잘 가꾸어진 정원을 보고 있다.

지금 그와 일행은 은해상단 사천지부에 있다. 이곳에서 부상을 추스르고 가라고 은서호가 청했기 때문이다.

덕분에 좋은 대접을 받으며 상처도 거의 회복했다.

'참 좋은 곳이야.'

이곳에 머물면서 유심히 상단의 지부를 살핀 결과 그리 결론을 내렸다.

그때 금의위의 무사가 그에게 말했다.

"인근 숲에서 폐하께서 보내신 호위대가 대기 중입니다."

"알겠네."

"그리고 동씨상단에 대해서 조사 중이라고 합니다."

은서호 덕분에 그는 자신들을 습격한 흉수가 누군지 알 수 있었다.

덕분에 무고한 이들이 고초를 당하지 않아도 되니, 이 또한 은서호에게 감사했다.

'참 여러 번 빚을 지는군.'

이제 가야 했다.

아직 황제가 내린 명을 완수하지 못했다.

습격당한 건 당한 것이고, 자신이 해야 할 일은 해야 한다.

일반 백성들의 평온한 삶을 위해서는 황제의 명을 반드시 완수해야 했다.

그는 백성들을 아꼈고, 그래서 은서호가 말한 '공생'이라는 말이 기껍게 들린 것이다.

그는 지부장 은명상에게 감사 인사를 전하면서 혹시 몰라 넌지시 물었다.

"지부장께서는 혹시 내가 누군지 알고 있소?"

"물론 압니다. 저 역시 상인이고, 제법 발이 넓은데 어찌 모르겠습니까?"

그는 말을 이었다.

"귀주성에서 인망이 높으신 분인 줄로 압니다. 그런 분을 구할 수 있어서 다행입니다."

만약 자신을 모른다고 했다면 살짝 의심했을 것이다.

하지만 자신을 안다는 말에 그는 완전히 의심을 풀었다.

"내 지부장께 보답을 해 드리고 싶소."

"아닙니다."

"말해 보시오. 내 힘이 닿는 곳까지 보답하겠소."

"그러면, 건강 관리를 잘하셨으면 합니다."

"……보답이 내 건강 관리라고?"

"네. 구해 드린 목숨이 건강 관리를 잘못하여 일찍 가신다면 참 슬픈 일 아닙니까?"

"하하하하."

진우림은 그 말에 자신도 모르게 크게 웃고 말았다.

"그러지! 그렇게 하겠네!"

흡족하게 웃는 그 모습에 은명상은 속으로 감탄했다.

'은서호 이 녀석……'

오늘 그가 한 대답은 은서호가 알려 준 것들이다.

만약 자신을 아느냐는 말과 보답에 관해 묻는 말이 나오면 어찌 대답해야 하는지 말이다.

그리고 그의 대답을 들은 진우림은 무척이나 흡족한 표정이었다.

'이자가 대체 어떤 사람이기에 이리도 공을 들이는 것인지?'

아직 은명상은 진우림이 정확하게 누군지는 모르고 있었다.

은서호가 알려 주지 않았기 때문이다.

그렇게 진우림 일행은 상단을 떠났다.

은해상단 사천지부는 이전의 일상으로 돌아갔다.

하지만 뭔가 좀 달라지고 있었다.

그전까지만 해도 사천에서 활동하면서도 어딘가 겉도는 느낌이 있었다.

하지만 요즘은 아니었다.

백성들이 사천지부를 자신들과 같은 사천의 상인으로 인정해 주는 듯했다.

그것만으로도 소금을 무료로 나누어 준 것이 아깝지 않다고 은명상은 생각했다.

여전히 소금값은 하늘 높은 줄 모르고 계속해서 치솟고 있었다.

'그나저나 단씨상단에서 여유 자금을 전부 털어 소금을 샀다던데…….'

사천지부의 행수 하나를 매수한 것도 괘씸한데, 자무인형에 '영혼이 들어 있다'는 헛소문을 씌워서 공격한 이들이다.

하지만 앞으로의 일을 알기에 살짝 불쌍해졌다.

.
.
.

보름 후.

소금 유통법이 시행되었다.

.

.

.

단씨상단의 상단주는 수하의 말에, 대체 이게 무슨 일인가 싶었다.

수하가 소금 유통법이 시행된다는 영문을 알 수 없는 이야기를 했기 때문이다.

"뭐? 소, 소금, 유통법? 그게 대체 뭔데 그 난리를 피우는 것이냐?"

"지금 전국 현청에 황제 폐하의 성지가 담긴 방이 붙었다고 합니다. 그리고 여기 그중 가장 중요한 소금 유통법의 내용을 필사해 왔습니다."

상단주는 수하가 건넨 종이를 빼앗듯이 받아 읽어 보았다.

"……."

두 손이 부들부들 떨렸다.

쾅―!

분을 참지 못한 그는 서탁을 주먹으로 내리쳤다.

마른하늘에 날벼락이었다.

"이런! 제기랄!"

소금값이 계속 오르는 것을 보고 남은 여유 자금을 몽

땅 투자했는데 쪽박 차게 생겼다.

머리를 이리저리 굴려 봤지만, 답이 나오지 않았다.

"젠장…… 젠장! 젠장!"

방법은 하나뿐이다.

황실 직속 상단인 염평상단에 헐값으로 소금을 넘길 수밖에 없었다.

"이래서야 비싼 소금을 허공에 뿌리는 거나 별반 다를 바 없잖아!"

허공에 뿌린다는 말을 하니 문득 얼마 전 받았던 보고가 떠올랐다.

은해상단 사천지부의 이들이 빈민촌에서 소금을 무료로 나누어 주었다는 보고다.

그땐 별짓을 다 하는구나 싶었다.

하지만 은해상단도 이익을 추구하는 상단이다.

소금을 창고에 쌓아 두는 것보다는 그렇게 무료로 뿌리는 것이 더 큰 이익을 얻을 수 있을 것이라는 판단하에 그리 행동했을 터이다.

그 결과 지금 은해상단에 대한 세간의 평가는 아주 좋았다.

'그러고 보니 은해상단에서는 아주 초반에만 소금을 사 들였으니 그 양은 얼마 되지 않았지.'

그렇다면 즉, 그들은 소금을 쌓아 둘 생각은 아예 하지 않았다는 것이다.

그냥 사람들에게 나누어 줄 목적이었다는 거다.

그럼 왜 소금을 쌓아 두지 않고 뿌렸을까?

'혹시 이를 미리 알고?'

뭔가 합리적인 의심이 들었다.

그때 수하가 조심스레 말했다.

"그런데 오늘 오후의 모임은 어찌…… 하시겠습니까?"

오늘 오후에는 사천 지역 상단주들의 모임이 있다.

분명 분위기는 최악일 터.

그도 그럴 것이 이번 조치로 인해 사천의 수많은 상단이 손해를 볼 것이 자명했으니까.

하지만 그렇기 때문이라도 상단주들은 오늘 모임에 참석할 것이다.

조금이라도 손해를 줄일 정보를 얻기 위해서.

그 역시 마찬가지이다.

.

.

.

그날 저녁.

단씨상단의 상단주는 성도의 한 주루로 들어갔다.

그곳이 오늘 상단주 모임이 있는 장소였기 때문이다.

"어서 오십시오."

점소이들의 환대를 받으며 들어갔지만, 그의 예상대로 분위기는 별로 좋지 않았다.

평소 거들먹거리던 상단주들은 시무룩한 표정으로 술잔만 비우고 있었다.

치열하고 뼈가 있는 말들로 나름 화기애애하던 연회장은 예기들이 연주하는 악기 소리만 들리고 있었다.

간간이 대화가 들리긴 했지만.

그때였다.

"이거, 분위기가 말이 아니올시다."

한 남자가 들어오면서 분위기가 바뀌었다. 그의 이름은 은명상.

은해상단 사천지부의 지부장이다.

각 상단의 지부장들 역시 참석 대상이었기에 그 역시 이렇게 연회에 참석한 것이다.

상단주들은 은해상단에 대해 궁금한 것들이 많았다.

"그러고 보니, 은해상단도 초반에 소금을 사지 않았소? 혹시 이 일을 미리 아시고 손을 떼신 것이오?"

그 물음에 은명상이 말했다.

"그게 무슨 소리요? 손을 떼다니? 애초부터 무료로 나누어 주기 위해서 소금을 산 것이지, 투자는 생각하지도 않았소이다."

그들은 잠시 말을 잃었다.

소금을 무료로 나누어 줌으로써 은해상단이 얻은 것이 무엇인지 그들도 알고 있기 때문이다.

평판이다.

은해상단은 평판을 얻었다.

이에 다른 상단들 몇몇도 은해상단을 따라 소금을 무료로 나누어 주었지만, 대다수의 상단들은 그러지 않았다.

아니, 그러지 못했다.

있는 돈, 없는 돈 박박 긁어서 비싸도 너무 비싸게 산 소금이다.

그럴 여력이 없었다.

누군가 물었다.

"그렇다면 은해상단에서는 초반부터 이번 소금 관련한 일에 나서지 않았다는 것이오?"

"그렇소이다."

"말이 되지 않소! 은해상단 같은 곳에서 이번 기회를 그냥 놓친다니……."

그 말에 은명상이 웃으며 말을 이었다.

"그야, 위험하다는 판단이 있었기 때문입니다. 윗선에서 얻은 정보도 그러하고 조금만 머리를 써 봐도 황궁에서 개입할 것이 분명했으니 말이오."

"……."

"하여, 처음부터 아예 배제한 일이었소이다."

그 말에 단씨상단의 상단주는 자신도 모르게 그에게 따지듯이 물었다.

"이거 사람, 그렇게 안 봤는데! 참 치사하오! 어찌하여 그 정보를 미리 알려 주지 않은 것이오?"

"알려 주지 않다니? 무슨 소리를 하는 것이오? 나는 분명 저번 모임 때 말했소이다. 뭔가 위험한 냄새가 나니까 이쯤에서 손 터는 것이 좋을 것 같다고."

"……."

다른 몇몇 이들이 고개를 끄덕였다.

그들은 은명상의 말을 듣고 일찍 손을 털어 손해를 보기는커녕 이득을 본 이들이다.

"맞소이다."

"은 지부장은 틀림없이 그리 말했소."

그 모습을 보며 은명상은 속으로 미소를 지었다.

'그 녀석도 참, 여기까지 생각하다니…….'

그는 은서호와의 대화를 떠올렸다.

"뭐? 오늘 모임에서 그만 손 털라고 다른 상단주들에게 말하라고?"

"네, 숙부님."

"어째서 이런 중요한 정보를 알려 준단 말이냐?"

"지금 소금값이 얼마인지 아시죠? 그런 상황에서 '이만 손을 떼야 한다'라고 했을 때 손을 뗄 자가 얼마나 있을까요?"

"거의 없겠지."

"네. 시답잖은 견제책이라고 생각할 자들이 훨씬 많습니다만, 우리 말을 듣고 손해를 보지 않으면……."

"우리의 조력자가 되겠지."

"또한, 손해를 본다고 해도 원망 들을 일은 없겠죠. 우린 말해 줬는데 듣지 않은 건 저들이니까요."

지금 은명상의 편을 들어 주는 상단주들은 호의가 가득 담긴 눈으로 그를 보고 있었다.

단씨상단주는 한발 물러섰다.

"그랬군요. 그때 내가 귀가 어두워서 잘 듣지 못했소."

그런 그를 은명상이 위로했다.

"제법 손해가 크시다고 들었습니다. 부디 일이 잘 해결되길 바라겠소이다."

실상은 염장 지르는 말이지만.

"내가 자초한 일이니 어쩌겠소. 하하하."

단씨상단주는 쓰게 웃으며 말을 이었다.

"그런데, 지부장이 그리 말했을 정도면 이미 지부의 행수들도 알고 있었다는 의미로 들리는데……."

"당연히 알고 있었을 겁니다. 아니, 모를 리가 없지요. 우리도 소금 사업에 뛰어들어야 하는 거 아니냐고 할 때 내가 상황을 설명했으니 말이오."

은명상의 대답에 단씨상단주는 주먹을 꽉 쥐었다.

하지만 겉으로는 미소를 유지했다.

"그…… 그렇군요."

그걸 보며 은명상은 속으로 피식 웃었다.

'안 그래도 이에 대해 어떻게 말해야 하는지 고민했는

데 이렇게 물어봐 주니 고맙군.'

방금 나눈 대화가 은명상이 오늘 모임에 온 진짜 이유
였다.

한편, 단씨상단주는 자신이 영포에게 속았음을 깨달았
다.

그동안 영포는 몇 번이고 그에게 틀림없이 대박 날 사
업이라면서 계속해서 소금을 매입하도록 부추겨 왔기 때
문이다.

'내가 그동안 얼마나 많은 투자를 했는데!'

종래에는 영포를 이용하여 은해상단의 것까지 집어삼
킬 계획이었다.

하지만 그의 배신으로 모든 것이 물거품이 되었다.

아니, 그 정도가 아니라 엄청난 손해를 보았다.

십 년을 긴축한다 해도 그 손해를 메울 수 있을지 확신
이 서지 않을 정도다.

오늘, 각 현령에는 황제의 성지가 담긴 포고문이 붙었
다. 그렇다면 단씨상단이 손해를 봤음을 영포가 모를 리
없다.

그리고 일부러 불벼락을 맞으려 하는 자는 없다.

그렇다면 그는 지금 어디서 무엇을 할까?

답은 나와 있다.

단씨상단주는 그동안 영포가 비밀 장원에 차곡차곡 모
아 놨던 재물을 떠올렸다.

'그거면 손해를 약간은 메울 수 있겠군.'

다른 이들에게 양해를 구하고 연회장을 나서는 단씨상 단주의 모습을 보며 은명상은 자신의 호위에게 말했다.

"서호에게 말해라. 마무리할 때가 되었다고."

* * *

나는 밤하늘을 올려다보았다.

달이 밝았다.

쥐새끼 잡기 좋은 밤이네.

"그래서."

나는 고개를 돌렸다. 내 옆에는 향옥 누님이 검병에 손을 올린 채 서 있었다.

"나는 언제쯤 나서면 되는 건데?"

"이제 곧입니다."

우리는 지금 영포 행수의 비밀 장원 근처에서 몸을 숨기고 있었다.

나는 그 비밀 장원을 보며 쓴웃음을 지었다.

이런 곳에 비밀 장원이 있다는 걸 누가 알았겠어?

이전 삶에서 나는 영포 행수가 쥐새끼였음을 알지 못했다.

자무인형에 관한 것이 아니었다면 앞으로도 영영 몰랐을 거다.

물론 의심은 했겠지만.

그건 은해상단의 사람이나 내가 무능해서가 아니다. 영포 행수의 쥐새끼 노릇이 그리 오래가지 않았기 때문이다.

내 기억으로 유월 말이 거의 다 되었을 무렵, 그러니까 앞으로 며칠 뒤다.

살해당한 영포 행수의 시신이 숲속에서 발견되었다.

상당히 잔인하게 살해당했는데 남겨진 상흔으로 보아 범인은 세 명. 그것도 검을 잘 쓰는 이들이라 추측할 수 있었다.

이유는 원한 관계.

그러나 범인은 잡히지 않았다.

대체 무슨 일이 있던 것일까?

하지만 지금은 그 일이 있기 전이다.

나는 장원을 보며 피식 웃었다.

황제의 성지는 갑자기 공표되었다.

하지만 영포 행수는 보통이 아니었다.

그동안 단씨상단에 잘못된 정보를 주면서 이런 상황을 대비해 오고 있던 거다.

그동안 재산을 정리하여, 이미 다른 곳으로 상당수 빼돌려 놨으니 말이다.

지금 영포 행수가 이곳에 있는 건 남은 재산을 정리하

기 위함이다.

영포 행수는 알까?

그동안 빼돌린 재산들, 그거 다 내 손안에 있다는 것을

은해상단의 정보를 팔아서 번 부당한 이득을 빼돌리는
것을 보고만 있을 순 없잖아?

그때 내게 숙부님의 호위무사가 다가와 숙부님의 말을
전했다.

이제 마무리할 시간이다.

"그럼 가 볼까요?"

내 말에 답하듯, 향옥 누님은 검을 빼 들었다. 그리고
은풍대 구지성 조장에게 말했다.

"오늘 잘 부탁드립니다."

"걱정하지 마십시오."

구지성 조장이 호각을 불었다.

빼액-!

그게 신호다.

우리는 즉시 영포 행수의 비밀 장원으로 들이닥쳤다.

"웬 놈이냐!"

나는 우리를 막아서는 무사들을 볼 수 있었다. 하지만
저들은 세 명.

우리는 그 수가 훨씬 많다.

이에 저들은 당황한 듯했다. 뒤에서 영포 행수가 무슨
일인지 보려는 듯 나왔다가 기겁했다.

"흐억! 이, 이게 무슨!"

향옥 누님이 그에게 소리쳤다.

"영포 행수! 당신이 첩자 행위를 한 것에 대한 죄를 묻겠습니다!"

"그게 무슨 말입니까? 첩자라니요? 저는 그런 일을 한 적이……."

그의 변명에 내가 대답했다.

"이미 저쪽에서 불었습니다만?"

"……."

내 말에 그는 분노하여 소리쳤다.

"단씨상단주! 이 개 같은!"

정말 개 같은 놈이 누군지……. 아무튼 우리는 순식간에 영포 행수의 비밀 장원을 손에 넣었다.

곧 세 명의 무사들과 영포 행수는 포박되어 무릎이 꿇려졌다.

이쯤에서 나는 의아한 것이 있었다.

그건 바로 장원을 지키던 세 무사다. 그들은 정말 죽기 살기로 영포 행수를 지켰기 때문이다.

혹시 혈연인가 싶었지만, 그건 아닌 듯했다. 영포 행수를 보는 시선이 곱지 않았으니까.

"왜 이렇게까지 하시는 겁니까? 그냥 도망가도 되지 않나요?"

내 물음에 그들 중 하나가 이를 갈았다.

"우리도 그렇게 하고 싶었습니다! 하지만, 하지만! 저 자가 우리에게 독을 먹였습니다."

"독을 먹였다고요?"

"한 달에 한 번 해독약을 먹지 않으면 고통 속에 죽는 그런 독입니다."

나는 고개를 갸웃했다.

그런 독이 없는 건 아니다.

하지만 엄청난 고가에다가 매우 구하기도 힘들다.

그런 약을 고작 이 장원을 지키기 위해 쓴다고?

"혹시 그 독이라든지 해독제 같은 거 어디에 보관하는 지 아십니까?"

"해독제가 어디에 있는지는 모르지만, 독은 어디에 두 는지 압니다."

나는 그들이 알려 준 곳으로 가서 철로 만든 상자 하나 를 가져왔다.

"이게 맞습니까?"

"네."

하지만 단단히 잠겨 있었다.

나는 영포 행수에게 물었다.

"열쇠, 어디 있습니까?"

"잃어버렸습니다."

"……."

잠시 어떻게 족쳐야 할지 고민할 때 구지성 조장이 씨

익 웃었다.

"제가 나설 때군요."

그러고는 품에서 바늘을 꺼내더니, 자물쇠 구멍에 바늘을 넣고 이리저리 돌렸다.

찰칵.

상자가 열렸다.

"재주가 좋으시네요?"

"소싯적의 취미였습니다. 하하하."

"뭐든 좋은 곳에 쓰이면 좋은 취미죠."

상자 안에는 한 봉지의 차가 들어 있었다.

"이게 독인가요?"

내 물음에 무사들이 이를 갈며 대답했다.

"그렇습니다."

"그 차가 엄청난 고통을 느끼며 죽게 하는 독입니다."

"이게요?"

그들은 고개를 끄덕였고, 영포 행수는 의기양양하게 말했다.

"지금이라도 저를 풀어 주셔야 저들을 살릴 수 있을 겁니다. 제가 해독약을 내주지 않으면 저들은 죽을 겁니다. 저들이 죽는다면 그건 당신들 잘못입니다."

"……."

"그래도 괜찮겠습니까?"

그러고는 비열하게 웃었다.

그 말에 향옥 누님이 발끈했다.

"뭐 이런 개 같은 소리를 하고 있어? 그럼 중독시킨 네 잘못은 없다는 거냐?"

깍듯하게 존대하던 향옥 누님의 말이 짧아졌다는 건 화가 많이 났다는 의미다.

"너보다 개가 낫겠다. 이런 쌍……."

하지만 여기서 멈춰야 했다.

우리 향옥 누님, 화나면 입이 많이 험해지거든.

입만 험한 게 아니라 상대방의 정신이 너덜너덜할 때까지 탈탈 털어 버린다.

자비 없이.

그나마 아미파에 속가제자로 들어간 덕분에 많이 좋아진 편이다.

솔직히 영포 행수의 정신까지 탈탈 털어 버리고 싶지만, 지금은 아니다.

곧 이곳에 들이닥칠 손님이 있고, 또 내가 이들의 입에서 들어야 할 말이 있으니까.

"누님, 놔두십시오. 괜히 말 섞을 필요 없습니다."

"하지만……."

"그리고 무사들에게 해독제를 줄 필요도 없습니다."

내 말에 누님은 눈을 치켜떴다.

"뭐? 너 지금 뭐라는……."

"독이 아닌데 해독제가 왜 필요합니까?"

나는 누가 뭐라고 하기도 전에 얼른 말을 이었다.

"이 차를 마시고 약 일각 후, 창자가 끊어질 것 같은 복통에 무척이나 고통스러웠을 겁니다."

내 말에 무사들은 고개를 끄덕였다.

"그런 상황에서 해독약이라면서 준 단환을 먹으면, 순식간에 복통이 사라졌겠죠."

다시 고개를 끄덕였다.

"그리고 매월 정해진 날짜에 단환을 줬을 겁니다만, 그 단환. 솔직히 먹기 힘들 정도로 지독한 맛이 났을 겁니다."

"어, 어떻게, 아셨습니까?"

어떻게 알긴, 지금부터 슬슬 유행하기 시작한 거니까 잘 알지.

이 차의 이름은 없다.

그냥 '허독차(虛毒茶)'라고 부른다.

독이 아니라는 의미다.

이는 주로 상대방을 겁박하기 위해서 쓰였는데, 이 차를 마신 자는 그 고통 때문에 진짜 독을 먹었다고 생각하여 상대방의 요구를 들어줄 수밖에 없었다.

혹시라도 이 차에 당해서 잘못된 판단을 하게 될까 두려워 이 차를 마셔 보았다가…….

진짜 죽을 뻔했다.

흑적의선 덕분에 건강해진 몸으로 이 차를 마셔서 다행

이지, 아니었다면 진짜 죽었을 것이다.

나는 어찌 알았냐는 듯한 표정에 대답했다.

"당연히 알죠. 우리 은해상단이 원래 약초 전문 상단인데."

물론 이건 핑계다.

"사실 이거, 목숨에는 지장이 없는데 복통을 유발하는 독초를 조금 섞은 겁니다. 그리고 해독제라고 준 그건 말 그대로 해독제는 해독제죠. 그 독초를 중화시키는 작용을 하니까요. 여기서 중요한 건."

나는 영포 행수를 보며 말을 이었다.

"계속해서 해독제를 먹을 필요가 없다는 겁니다. 어차피 일회용 속임수로 쓰인 독차였으니 말이죠."

내 말에 세 무사는 울분에 차 소리를 질렀다.

"으아아아악!"

"이런 찢어 죽일!"

"감히 우리를 속여?"

하지만 뜻밖인 건 울분에 차 소리를 지른 건 세 무사뿐만 아니라 영포 행수도 그리했다는 것이다.

"젠장! 그거 비싸게 주고 산 건데! 독이랑 해독제까지 은자 열 냥이나 주고 산 건데!"

그 말에 나는 그의 염장을 질러 주었다.

"와! 이걸 열 냥이나 주고 샀습니까? 은자 반 냥이 뭐야, 반의 반 냥도 안 될 텐데?"

"으아아악!"

능력 좋은 인재인 줄 알았는데, 이제 보니 헛똑똑이였네.

사천당가가 버티고 있는 이 사천 땅에서 자신이 원했던 그런 독을 쉽게 구할 수 있을 거라고 생각했던 건가?

그런 독을 거래하다가 발각되면 사천당가에 끌려가서 말도 못 할 꼴을 당할 텐데?

아무튼, 힘겹게 분노를 삭이고 있는 세 무사를 보자 문득 영포 행수의 죽음이 떠올랐다.

잔인하게 살해당한 숲속의 시신.

검을 잘 쓰는 세 명의 범인.

원한 관계.

이제야 범인이 누구였는지 알 것 같았다.

꼬리가 길면 잡힌다고, 어쩌다가 해독제를 먹지 못했음에도 살아 있음에 뭔가 이상하다고 생각했을 것이다.

그러다 자신들이 속았음을 알게 된 거겠지.

그때 향옥 누님이 말했다.

"누군가 온다."

그 말과 함께 대문이 벌컥 열리며 한 남자가 소리쳤다.

"영포 행수! 여기 있는 거 다 알고 찾아왔······."

그는 우리를 보더니 '이건 뭐지?' 하는 표정이었다.

세 무사와 영포 행수가 마당에 포박되어 무릎 꿇려 있었으니까.

장원은 우리에 의해 포위되어 있었고.

향옥 누님이 그를 보며 말했다.

"단씨상단의 상단주님이시군요."

"너, 너는……?"

"저희 상단의 영포 행수와 잘 아는 사이셨군요."

"그, 그건, 그러니까……."

"그리고 이곳에는 왜 오신 겁니까? 이 밤중에? 누가 보면 오해하겠습니다."

향옥 누님의 말에 단씨상단주가 어색하게 헛기침을 하며 말했다.

"우린 이곳의 재물을 회수하러 온 것이네."

"회수라니요?"

"이곳의 재물들은 저자가 우리 상단에서 도둑질한 것들이니 말이오."

내 예상대로 둘러대는군.

그 말에 영포가 버럭 했다.

"그게 무슨 말이야! 도둑질이라니! 이것들은 모두 당신네들이 준 거잖아! 내가 은해상단의 정보를 빼돌리는 대가로!"

이렇게 진술을 확보했고.

"게다가 최근에는 금덩이 중에 하나만 진짜고 나머지는 가짜로 줬으면서!"

"나는 진짜를 줬다."

"가짜였다고!"

"아무리 내가 첩자를 부려 먹어도 그런 몰염치한 짓은 하지 않…… 헉!"

그제야 상황을 파악한 듯했다.

내가 금덩이를 빼돌린 건 둘 사이의 다툼을 이용해 진술을 확보하기 위해서이기도 하지만, 생각보다 멍청하네.

이렇게 쉽게 자신이 첩자 짓의 대가를 지급했다고 시인하다니 말이야.

향옥 누님이 단씨상단주에게 말했다.

"아버지를 모셔오겠습니다. 우리 천천히 이야기를 나누어 볼까요?"

"뭘, 그렇게까지……."

"아니면, 안찰사 대인을 모시고 이야기해 볼까요?"

* * *

단씨상단과의 일은 생각보다 잘 마무리되었다.

이 일을 공론화하지 않는 대가로 단씨상단에서는 막대한 배상금을 지급하기로 했다.

계약서에 수결을 하며 이를 바득바득 갈았지만 어쩌겠는가?

명분은 우리에게 있고, 잘못은 그쪽이 했는데.

여유 자금을 탈탈 털어서 소금을 샀지만, 이번에 공포된 소금 유통법 때문에 막대한 손해를 봤다.

거기에 이번 배상금까지.

당장 상단이 망하지는 않겠지만, 당분간 명맥을 유지하는 게 한계일 것이다.

이번 일의 모든 원인은 자무인형에 대한 헛소문이다.

그로 인해 은해상단 사천지부에 쥐새끼를 심어 놓은 것을 들키는 바람에 일이 이렇게 된 거지.

그러니까 자무인형을 건드리지 말았어야지.

내 황금알 낳는 닭을 건드리고 무사할 거라고 생각했다면 오산이다.

난 은혜는 반드시 갚는다.

그리고 원한도 반드시 갚는다.

이번에 향옥 누님은 직접 나서서 검을 휘두르며 영포 행수와 단씨상단까지 처리했다.

그 모습을 본 이들에 의해 누님의 활약상은 사천지부 내에 널리 퍼졌다.

향옥 누님이 앞장서서 저들을 처리하는 모습에 지부의 무사들은 물론이고 직원들의 충성심이 더욱 높아지고 있다.

상단주의 자녀가, 그것도 열여섯밖에 안 된 소녀가 앞장서서 상단을 위협하는 자들과 싸웠다는 사실이 저들을 자극한 것이다.

이는 내가 의도한 바이다.

사람들은 보이는 것에 약하다. 그래서 가끔은 이렇게 보여 주기 위한 것도 필요했다.

그래서 향옥 누님을 데리고 온 것이다.

* * *

은명상은 자신의 집무실에서 후원을 바라보고 있었다.

이제 곧 유월 말이다.

그 말은 곧 더워질 거라는 의미다.

'올해도 비가 많이 오려나?'

평소 우울했던 기분이지만, 요즘 들어 조금 다른 기분을 느끼고 있다.

이 기분이 어떤 감정인지는 모르겠지만, 그 이유는 안다.

큰형님의 막내아들이자 자신의 조카인 은서호.

그 아이 덕분이다.

은서호가 사천지부에 왔을 때만 해도 경험을 쌓으러 온 것이니 자신이 잘 이끌어 줘야겠다고 생각했다.

사천당가에서 은서호를 찾는다는 말에 무슨 일인가 싶어서 걱정되기도 했고 말이다.

하지만 요 한 달, 은서호의 능력을 확실하게 볼 수 있었다.

자무인형에 대한 헛소문을 오히려 은해상단에 유리하게 바꾸었다.

이를 이용하여 단씨상단을 낚았고, 역으로 단씨상단에 대한 평판을 떨어트렸다.

단씨상단이 심은 첩자가 단씨상단을 불신하게 만들었으며, 그걸 이용해 단씨상단이 소금을 사도록 했다.

그 와중에 소금을 무료로 나누어 주며 평판을 올렸고, 조금 겉돌던 사천지부가 완전히 사천에 녹아들도록 했다.

소금 때문에 엄청난 손해를 본 단씨상단은 은서호가 심어 놓은 장치로 인해 첩자를 심었음도 시인했다.

하여 엄청난 배상금을 물어야 했다.

첩자 노릇을 했던 영포 행수는 가지고 있던 모든 것을 토해 내고 현청에 넘겨졌다.

아마 엄벌을 받을 것이다.

이게 근 한 달 사이에 벌어진 일이다. 모두 은서호의 주도하에 말이다.

사천당가에 은혜를 입힌 건 그가 이곳에서 한 일에 비하면 일 축에도 끼지 못했다.

자신이 봐도 참 독하게 일을 벌였다.

복수에 있어 지독하다는 사천당가를 보는 듯했다.

'무슨 애가 그런 독심을…… 순둥이 형님에게서 그런 아이가 나왔다고?'

그는 고개를 절레절레 저었다.

두 수, 아니 그 이상을 바라보는 지략에, 추진력은 물론이고 독심까지 가지고 있었다.

그래도 생각이 참 바른 것이, 마음에 드는 아이였다.

그런 아이가 은해상단에 있다는 것이 무척이나 든든하게 느껴졌다.

다른 상단들이 불쌍해졌다.

특히, 이번에 일을 벌인 단씨상단은 더더욱 불쌍했다.

'그러게 왜 건드리나, 건드리긴. 가만히 있었으면 그나마 있던 재산이라도 지킬 수 있었을 텐데 말이지.'

그는 피식 웃었다.

은서호는 은해상단의 날개였다.

은서호란 날개를 단 은해상단은 분명 더 높은 곳으로 올라갈 수 있을 터.

문득 떠오르는 '천하제일 상단'이라는 칭호.

은명상은 허허 웃었다.

"설마…… 아무리 그래도 거기까지는…….."

자신은 천하 십대 상단 정도면 만족했다.

하지만 어쩐지 천하제일 상단도 가능할 것 같다는 생각이 들었다.

그때 밖에서 인기척과 함께 호위의 목소리가 들렸다.

"지부장님, 은서호 도련님이 오셨습니다."

"아! 들라고 해라."

곧 문이 열리고 미청년이 들어왔다.

자신의 조카, 은서호다.

"왔느냐? 앉아라."

"네."

은서호는 그가 가리킨 탁자 앞에 앉았고, 은명상이 그 앞에 앉았다.

그리고 직접 차를 우려 잔에 따라 주었다.

"마셔라."

"감사히 마시겠습니다."

차를 마신 은서호가 그에게 말했다.

"숙부님, 저희는 내일 아침 집으로 돌아갈까 합니다."

"벌써?"

"한 달이나 지났습니다. 일도 마무리되었고 이곳에서의 일에 대해 아버지께서도 궁금해하실 겁니다."

"그래, 그렇겠지."

은명상은 뭔가 아쉬웠다. 하지만 이제 보내 줘야 할 때였다.

"알겠다. 그리 알고 있겠다. 그런데 사천당가에는 언제 갈 생각이냐?"

사천당가에서는 은해상단 사천지부에 은밀하게 연락을 해 왔다.

그리고 저들이 은서호를 찾는 이유가 은서호에게 은혜를 갚기 위함인 것을 알자 안도하며 사천당가에 연락했다.

지금은 일이 있어 찾아가지 못하니 양해해 달라고.

은서호의 대답은 전혀 예상 외였다.

"사천당가에는 가지 않을 생각입니다."

"뭐? 가지 않는다고? 어째서냐?"

"제가 사천당가에 가면, 마치 뭔가 바라는 것이 있어서 그 댁 아이를 구한 것 같잖습니까? 저는 그런 거 싫습니다."

"하지만……."

"그리고 제가 가지 않는다고 해서, 은혜를 입은 사천당 가가 이곳 사천지부를 핍박하지는 않을 듯합니다만?"

"그건 그렇지. 오히려 우리의 일을 도우면 도왔지……."

거기까지 말한 은명상이 흠칫했다.

"설마 그걸 노리고?"

"그건 아닙니다. 그리고 제가 많이 바쁩니다. 돌아가서 해야 할 일도 산더미라서 더는 시간을 뺄 수도 없습니다."

"그래, 네 뜻이 그렇다면 알겠다."

탁.

은명상은 찻잔을 내려놓으며 말했다.

"고맙구나."

"……네?"

갑작스러운 그의 말에 은서호는 고개를 갸웃했고, 은명 상은 웃으며 말했다.

"첩자를 잡은 것 말이다."

"그건 당연히 해야 할 일이었습니다."

"이 사천지부의 평판이 높아지게 한 것도."

"그것도 당연히 제가 해야 할 일이었습니다."

"네 사촌들을 이 지부의 기둥으로 인정받게 해 준 것도 고맙구나."

"제 사촌들이잖습니까."

그 말에 은명상은 하하 웃었다.

'그래, 이 녀석은 이런 녀석이지.'

그는 자리에서 일어나 서탁 위에 놓여 있던 작은 상자를 집어 왔다.

그리고 은서호에게 내밀었다.

"받거라. 이번에 열다섯이 되었는데 아직 선물을 주지 않았더구나. 생일 선물이다."

성인으로 인정받는 나이가 열다섯이다.

평소 선물을 챙겨 주지 않는 사이라고 해도 이때만큼은 선물을 챙겨 주곤 했다.

"감사합니다."

*　*　*

숙부님의 집무실에서 나온 내 손에는 상자 하나가 들려 있었다.

숙부님이 주신 생일 선물이다.

"도련님, 그 상자 제가 들겠습니다요."

팔갑의 말에 나는 고개를 저었다.

"아니야. 내가 직접 들고 싶어, 이건."

"알겠습니다요."

아까 숙부님 앞에서 이 상자를 열었을 때 깜짝 놀랐지만, 가까스로 표정 관리를 했다.

내가 아는 물건이었기 때문이다.

하지만 그걸 티 낼 수 없었으니 필사적으로 표정 관리를 한 것이다.

숙부님이 주신 선물은 완대(腕帶)이다.

주로 무기를 다룰 때 거추장스럽지 않도록 옷소매를 감싸 고정하는 용도이다.

숙부님이 주신 건 팔을 보호하는 용도에 더 가까웠다.

손등부터 팔꿈치까지 감쌀 수 있게 흑색의 부드러운 가죽으로 만들어졌고, 사대 자수 중 하나라는 사천의 자수인 촉수(蜀繡)로 멋들어지게 무늬를 수놓은 물건이다.

상인들에게 완대는 필수였다.

붓을 사용하고 서류를 보는 데 소맷자락이 상당히 방해되기 때문이다.

지금 나 역시 완대를 하고 있다.

그리고 숙부님이 선물해 주신 이 완대는 신병이기 중 하나이다.

이 완대의 이름은 무절완(無切腕).

잘리지 않는다는 의미다.

수를 놓은 가죽은 눈속임이다. 그 안의 천잠사로 짠 천 때문에 검으로 내리쳐도 팔이 잘리지 않았다.

하지만 지금 그 누구도 이게 신병이기 중 하나인 무절완이라는 것을 모르고 있다.

딱 봐도 그냥 평범해 보이는 완대였으니까.

그러니까 숙부님도 이걸 쉽게 얻을 수 있으셨겠지.

내가 이것의 정체를 알게 된 건, 숙부님이 돌아가신 후였다.

숙부님의 유품 중 이 완대를 우연히 내가 받게 되었다.

장례를 마친 후 본단으로 돌아갈 때 습격을 받았는데, 잘린 가죽 사이에서 백색의 천과 그 천에 새겨진 무절완이라는 글자를 보게 되었다.

그제야 이 완대가 보통의 물건이 아님을 알게 된 것이다.

그 후, 무절완은 거의 매일 나와 함께했다고 할 수 있었다.

사실 이것의 가치에 대해 숙부님께 말씀드릴까 했지만, 그러지 않았다.

이 반가운 물건과 헤어지고 싶지 않았기 때문이다.

게다가 이 안의 천잠사는 그 자체가 음기를 띠고 있기에 나에게 큰 도움이 되기도 했고.

내가 백천상단에 의해 목숨을 잃었을 때, 나는 이 완대를 차고 있지 않았다.

그래서 후회가 되었다.

이 완대가 있었다면 그렇게 죽지 않을 수도 있었을 테니까.

마치 상자 속 완대가 나에게 말하는 듯했다.

이번에는 절대, 자신을 잊지 말라고.

그래, 알았어. 이번에는 절대 너를 풀어 놓지 않을게.

하지만 모든 일에는 대가가 있는 법이다.

나중에, 이 무절완에 상응하는 대가를 숙부님께 드려야 겠지.

처소로 향하던 중, 맞은편에서 걸어오던 한 여자와 마주쳤다.

향옥 누님이다.

"아! 서호구나!"

"여기까지 무슨 일이십니까, 누님?"

"무슨 일은. 이제 나도 아미파로 돌아가야 하니까 아버지께 말씀드리려고 온 거지."

"그러셨군요."

누님에게 포권하며 작별 인사를 했다.

"저도 내일 집으로 돌아갑니다. 누님께서도 조심히 돌아가시고 다시 볼 때까지 평온하십시오."

"그래, 이번에 수고 많았어. 너도 잘 돌아가."

그렇게 대화를 마치고 서로 스쳐 지나가던 그때, 누님이 나를 불렀다.

"서호야."

"네?"

나는 뒤를 돌아보았고, 누님이 나를 보며 말했다.

"너, 사실은 나보다 강하지?"

"……네?"

"내 촉이 말하고 있어. 네가 나보다 강하다고."

향옥 누님이 허리의 검병을 손으로 만지며 말을 이었다.

"한번 붙어 보고 싶네."

"진정하십시오, 누님."

"하하하. 농담이야, 농담. 아무리 나라고 해도 그리 막무가내는 아니라고."

"……."

"아무튼, 다음에 만나면 그땐 꼭 붙어 보자고."

그리 말하며 향옥 누님은 가던 길을 가셨다. 그 모습을 바라보던 나는 나도 모르게 손으로 팔을 쓰다듬었다.

향옥 누님은 무섭다.

나를 보며 팔갑이 중얼거렸다.

"저만 그런가요? 향옥 아가씨를 볼 때마다 뭔가 무서워집니다요."

"나도 그래."

간이 곰 같은 팔갑도 무섭다고 하는 것을 보니 확실했다. 누님에게는 다른 이들에게는 없는 특별한 기운이 있는 것이다.

.
.
.

다음 날, 아침.

우리 일행은 모두의 배웅을 받으며 사천지부를 나섰다.

아무래도 많은 일행이 움직이다 보니, 좀 느린 감이 있었다.

그리고 사천에 온 김에 가지고 가야 하는 물건도 많았고.

하지만 나는 서둘러야 했다.

이곳에서 생각보다 시간을 많이 지체했기 때문이다.

곧 진우림 상단주가 이끄는 염평상단에서 소금 소매 허가를 위해 아버지를 부를 것이기 때문만은 아니다.

그건 내가 없어도 아버지와 다른 각주님들이 알아서 잘 처리하실 것이다.

내가 서두르는 이유는 지금 공밀이 열심히 만들고 있는 새로운 상품 때문이다.

하여 나와 팔갑, 그리고 나를 호위하는 여응암과 이필 무사가 선발대로 먼저 움직였고, 다른 이들이 후발대로 움직이기로 했다.

"그럼 본단에서 뵙겠습니다."

"조심하십시오."

"네!"

그렇게 우리 넷은 호북성을 향해 빠르게 움직였다.

* * *

사천당가.

가주 당규정은 서신의 답신을 기다리고 있었다.

은해상단 사천지부에 머무르고 있는 은서호에게 서신을 보냈었다. 일이 마무리되면 사천당가에 꼭 들러 달라는 내용이었다.

이번에는 반드시 은혜를 갚겠다고 생각했다. 자신의 소중한 막내아들을 구해 준 자이니 말이다.

게다가 이번에 막내아들을 납치한 자들을 심문하면서 알게 되었다.

이 일을 주도한 배후가 누군지.

그렇기에 더더욱 고마웠다. 만약 은서호가 아니었다면 자신과 이 사천당가는…….

아무튼, 이 은혜를 갚지 않고는 견딜 수 없었다.

"가주님! 돌아왔습니다."

서신을 가지고 갔던 심복이 돌아와 그의 앞에 부복했다.

그는 반색하며 그에게 물었다.

"그래, 답신은 받아 왔느냐?"

"그게…….."

심복은 곤란한 표정으로 말을 이었다.

"이미 사천성을 떠났다고 합니다."

15장. 북경으로

북경으로

해가 뉘엿뉘엿 저물고 있었다.

그리고 저 멀리 드디어 은해상단의 본단이 보였다.

"드디어 집에 왔다!"

내 말에 팔갑이 물었다.

"그렇게 좋으십니까요?"

"당연히 좋지. 집이잖아."

말을 타고 달리느라 엉덩이가 얼얼했다. 마치 굳은살이 박인 듯했다.

그리고 사천에서 호북까지 오가는 길이 오죽 험해야지.

이전 삶에서도 가장 가기 싫었던 상행지(商行地) 다섯 곳 중 한 곳으로 꼽을 정도였다.

"그나저나 덥기는 이곳도 마찬가지입니다요."

"그래도 사천에 비하면 견딜 만합니다."

팔갑의 말에 여응암 무사가 말했다. 이에 옆에 있던 이 필 무사가 말을 받았다.

"이 정도 더위는 더운 축에도 못 낍니다. 전에 사천 남 쪽의 운남에 가 본 적이 있는데 정말 말도 못 합니다."

그래, 운남…….

운남도 내가 싫어하는 상행지 중 한 곳이다.

"하긴 그렇겠네요."

그렇게 이야기를 나누며 본단에 가까이 다가갔을 때 나 는 저 멀리서 달려오는 누군가를 보았다.

많이 낯이 익은…….

"어?"

아버지였다.

나는 얼른 말에서 내렸고, 나를 따라 팔갑과 두 무사도 얼른 말에서 내렸다.

"아버지, 소자 다녀왔……."

내가 인사를 마치기도 전에 아버지가 내게 물으셨다.

"아니, 대체 이게 어찌 된 일이냐?"

"뭐가 말씀입니까?"

"소금 말이다! 소금! 오늘 오전에 황궁에서 사람이 왔 단 말이다. 호북성 소금 소매상으로 선정되었다고 즉시 북경으로 오라는구나."

그 말에 나는 씩 웃었다.

"아, 잘되었네요."

"지금 그런 한가한 말을 할 때가 아니란 말이다. 대체 사천에서 무슨 일이 있던 거냐? 무슨 일이 있었기에 진 우림 상단주가 아들을 잘 키웠다는 내용의 서신을……."

아이고, 우리 아버지 숨넘어가시겠네.

"진정하세요, 아버지."

"지금 내가 진정하게……."

"물론 진정할 수 없으시겠지만, 그래도 상단의 경사 아닙니까?"

"경사지! 암! 큰 경사지!"

"그런데 그런 경사를 누리지 못하고 돌아가시면, 얼마나 억울하시겠어요."

"……악담을 해라, 이놈아."

"그러니까 진정하시라는 거죠."

나는 웃으며 아버지의 손을 잡아끌었다.

"어서 들어가요, 아버지."

잠시 후,

먼지를 씻어 내고 깔끔해진 모습으로 식당으로 향했다.

내가 온다는 소식에 가족들이 음식을 준비해 놓고 기다린다고 했다.

식당에 들어서자, 식탁 앞에 앉아 도란도란 이야기를 나누고 있는 가족들이 보였다.

모든 가족의 시선이 내게 집중되었고, 나는 포권하며 인사했다.

"소손, 소자, 그리고 소제, 사천에서의 일을 마치고 무사히 돌아왔습니다."

모두가 나를 반갑게 맞아 주었고, 그제야 집에 돌아왔다는 게 실감됐다.

화기애애한 저녁 식사와 차 한잔을 나눈 후, 아버지와 큰형, 그리고 나는 은월각으로 향했다.

그곳에는 각주들이 모여 있었다.

이번 일에 대한 논의 때문이다.

그나저나 오랜만에 뵙네. 거의 두 달 만에 뵙는 건가?

나는 유 총관을 보곤 순간 흠칫했다.

내가 있을 땐 괜찮았는데, 그사이 또 안색이 피곤함으로 찌들어 있었기 때문이다.

그걸 보자 왠지 모를 죄책감이 들었다.

하지만 나도 할 말은 있었다.

아버지가 가라고 하셨고, 또 유 총관도 허락한 일이었으니까.

다들 내게 반갑게 인사를 건넸다.

"도련님 오셨습니까?"

"네, 잘 다녀왔습니다."

그렇게 인사를 나누고, 우리는 자리에 앉았다. 아버지가 모두를 보며 말씀하셨다.

"여기 있는 모두가 알다시피, 최근 소금 유통법이라는 것이 공표되었네."

아버지의 말에 회의실의 이들은 고개를 끄덕였다.

"그로 인해 각 성에서 소금 소매를 전담할 상단이 하나씩 선발되었고, 우리 은해상단이 이곳 호북성의 소금 소매 전담 상단으로 선정되었네."

"감축드립니다."

"감축은 무슨, 모두의 덕이지."

아버지는 나를 보며 말씀하셨다.

"그나저나 대체 사천에서 무슨 일이 있었던 것이냐? 자세하게 설명 좀 해 보거라."

자세한 소식은 다들 듣지 못했기에, 모두 내 이야기에 귀를 기울였다.

"사천에서 그런 일이 있었다니! 진 상단주가 내게 그런 서신을 보낸 것이 이제야 이해가 가는구나."

"염평상단 상단주의 목숨까지 구하다니 말입니다!"

"그분이 염평상단의 신임 상단주라는 건 몰랐습니다."

"황제 폐하께서 은밀히 진행하신 일이다. 몰랐던 것도 무리가 아니지."

"사실 이런저런 대화를 나누긴 했습니다만, 소금 소매

상은 예상하지 못했습니다."

나는 너스레를 떨었다.

미리 알았다고 이야기할 수는 없었으니까.

그때 상유각의 연다미 각주가 아버지에게 물었다.

"이번에 황궁에서 나온 사람이 전해 준 황제 폐하의 성지에 의하면, 이달 말까지 북경에 와야 한다고 했습니다. 그래서 드리는 말씀인데, 언제 출발하실 예정이신지요?"

"북경까지 가는 길을 생각해 보면 닷새 안에는 출발해야겠지."

"그럼 그리 준비하겠습니다."

연 각주의 말에 세풍각의 적 각주와 고 외총관도 고개를 끄덕였다.

"알겠습니다."

"그리 알고 있겠습니다."

이어 아버지는 나를 불렀다.

"그리고 서호야."

"네, 아버지."

"너도 가야 한단다."

"……저도 말입니까?"

내 물음에 아버지는 고개를 끄덕이셨다.

"하지만 저는 오늘 집에 돌아왔고, 아직 여독도 다 풀리지 않았습니다. 그리고 유 총관의 보조관으로서의 직무도 있습니다."

사천에서 돌아온 지 하루도 안 되었는데 닷새 안에 북경에 가야 한다고?

피곤했다.

유 총관의 일을 보조하는 것도 쉬운 일은 아니지만, 그래도 식사 시간이나 휴식 시간은 철저하니까.

하지만 이번 달 말까지 북경에 가려면…… 제대로 쉬면서 가기 힘들다.

내가 아니더라도 아버지와 상유각주 같은 분들이 알아서 잘하실 거다.

능력 있으신 분들이니까.

그런데 내 말에 유 총관이 한숨을 내쉬었다.

뭐지?

내 말에 얼른 맞장구치면서 나를 자신의 집무실로 끌고 가야 맞는데?

내가 그렇게 의아해하고 있을 때,

아버지가 진지한 표정으로 나를 불렀다.

"서호야."

"네, 아버지."

"어쩔 수 없단다. 황제 폐하의 명이니까."

아…….

가야 하는구나.

젠장.

이건 내 예상과 좀 달랐다. 그냥 아버지와 큰형님 정도만 가실 줄 알았는데.

"그리고."

아버지는 품에서 뭔가를 꺼내어 내미셨다.

"이거 받거라."

은입사로 글자가 적혀 있는 하얀 옥패였다.

[은해상단 소단주 은서호]

내가 이걸 알아보지 못할 리가 없다.

내가 오 년에 걸친 실무 기간을 모두 마치고 정식으로 소단주가 되었을 때 받았던 신분패였으니까.

은해상단은 장남만 소단주가 되는 건 아니었다.

가주의 모든 자녀는 실무를 마치면 소단주가 되었고, 그때부터 정식으로 상단주가 되기 위한 경쟁에 돌입했다.

아버지 역시 그 경쟁에서 승리하여 상단주가 되신 것이다.

상단주가 되지 못한 소단주들은 각자 자신에게 맞는 일을 찾거나 상권을 개척하여 지부장이 되었다.

내 이전 삶에서 우리 형제들 사이에는 그런 경쟁은 없었다.

형이 나에게 상단주 자리를 양보한다고 했지만 나는 그 제안을 거절했다.

나에게 맞는 일은 상단주가 아니었으니까.

　하여 자연스럽게 정호 형이 상단주가 되었고, 둘째 진호 형이 은풍대의 대주가 되었다.

　내가 맡았던 직함은 제지각(提智閣)의 각주였다.

　그곳은 상단주의 참모 역할을 하는 곳이다.

　아무튼, 이건 일어나지 않은 일이고…….

　지금 중요한 건 아버지가 내게 이걸 주시는 이유다.

　"아버지, 이건……?"

　"설명이 필요하냐?"

　"당연하죠! 저는 아직 실무 과정을 시작한 지 일 년도 되지 않았습니다."

　"받을 만하니 주는 것이다."

　"다른 각주님들께서 아직…….."

　"이미 각주들이 허락한 일이니 내가 너에게 이걸 주는 것이지 않겠느냐."

　그 말인즉, 재경각과 세풍각, 그리고 상유각의 각주들이 내 실무 능력에 합격을 선언했다는 의미다.

　"하지만…… 아직 상유각과 세풍각에서 실무 과정을 시작하지도 않았습니다."

　내 말에 연 각주가 웃었다.

　"도련님, 우리는 언제나 도련님을 지켜보고 있었습니다. 그리고 도련님께서 오죽 날뛰셨어야죠."

　"아…….."

그러고 보니 내가 저지른 일이 좀 많구나.

"그런 도련님께 상유각의 실무 과정은 시간 낭비라는 판단을 내렸습니다. 이건 제 독단이 아닌 상유각 행수들의 판단입니다."

"……."

"마치 십 년 넘게 상단 일을 하신 듯 능숙하신데, 주제 넘게 가르친다고 하다가 망신만 당할 것 같아서 말이죠. 호호호."

그녀의 웃음에 적 각주가 고개를 끄덕였다.

"저 역시 그리 생각합니다."

마지막으로 유 총관이 말했다.

"몇 년 더 부려 먹…… 아니, 곁에 두고 싶었지만 더 붙잡아 두는 건 연 각주의 말대로 시간 낭비라고 생각합니다."

방금 부려 먹고 싶다고 한 것 같은데?

아무튼, 유 총관까지 그리 말하는 판이다.

"하지만 제가 먼저 소단주가 되면 진호 형님이 속상해할 겁니다."

"진호도 이에 동의했다."

"네? 진호 형이 동의했다고요?"

"어차피 자신은 상단주에는 관심 없고, 가문의 역사상 최연소 소단주가 나왔으니 자랑해야겠다고 하더구나."

"아……."

그래, 진호 형은 그런 사람이지.

"그리고 이걸 지금 주는 이유가 있다. 이제 나와 북경으로 가야 하는데 소단주라는 직함 정도면 사람들 앞에서 너 스스로를 칭하기에 부족함이 없을 테니까."

그러니까, 아버지께서는 내가 북경에 가서 사람들과 대화할 때 좀 더 당당해지기를 원하시는 것이다.

"견습원의 신분이라고 내가 너를 부끄러워하는 건 아니다. 너는 그 자체로 내 자랑스러운 아들이자 은해상단의 인재이니까."

"아버지의 마음, 압니다."

아버지는 흐뭇하게 웃으며 고개를 끄덕였다.

"네 소단주 공표식을 해야 하지만, 닷새 안에 북경으로 출발해야 하기에 네 공표식은 북경에서 돌아온 후에 해야겠구나."

"상관없습니다."

소단주 공표식 전에는 소단주의 신분이라 해도 상단에 소단주로서의 권한을 행사할 수는 없었다.

나는 아무래도 상관없었다.

"그러면 아버지와 저, 그리고 정호 형이 함께 가는 건가요? 솔직히 이건 좋은 기회니까요."

내 물음에 아버지가 말씀하셨다.

"네 말대로 이건 좋은 기회지. 하지만 정호는 함께 가지 않겠다고 했다."

"네?"

나는 정호 형에게 물었다.

"어째서? 이건 정말 좋은 기회인데?"

"아버지와 소단주인 우리 둘이 동시에 자리를 비운다고? 말이 되는 소리를 해라."

"하지만……."

"아버지와 네가 없는 동안 나라도 자리를 지키고 있어야지."

* * *

그날 밤.

나는 공밀이 지내는 별채로 향했다.

"도련님!"

마당의 평상에 앉아서 간식을 먹던 공래가 나를 보더니 쪼르르 달려왔다.

"사천에 갔다고 들었어요."

"오늘 왔어. 네 오빠는?"

"작업실에 있어요."

자무인형의 제작 과정을 나누어서 처리하면서 공밀에게는 여유 시간이 생겼다.

덕분에 공밀은 다른 기발한 기물들을 연구할 시간이 생겼다.

공래와 함께 공밀의 개인 작업실에 들어가자 공밀은 오늘도 작업대 앞에 앉아서 뭔가를 들여다보며 궁리하고 있었다.

그러다가 고개를 살짝 돌린 그는 나를 보자마자 깜짝 놀랐다.

"아! 도련님!"

"오늘도 열심이네."

공밀도 나를 반기며 다가왔다.

"사천에 가셨다는 말은 들었습니다만, 언제 돌아오셨어요?"

"오늘."

"피곤하실 텐데……."

"괜찮아, 괜찮아. 그보다 전에 내가 말했던 건 어떻게, 괜찮게 나왔어?"

"아! 그거 말씀이시죠?"

공밀은 곧 한쪽에 있던 기물을 가지고 왔다.

원형의 틀 안에 나무로 만든 날개가 세 개. 날개 뒤쪽에는 길쭉한 상자 하나가 달려 있었다.

내 조언을 받아 모양을 고쳤는데 제법 근사했다.

공밀은 씩 웃으며 그 상자 안에 손을 넣어 바퀴를 감았다.

드드득, 드드득, 드드득,

그렇게 한 열 번 정도 바퀴를 감고 손을 놓자 날개가

빙글빙글 돌아가기 시작했다.

나는 그 바람이 주는 시원함을 느꼈다.

솔직히 나는 체질과 무공 때문에 더위는 느끼지 못한다. 하지만 바람이 주는 쾌적함은 느낄 수 있다.

더운 여름, 많은 사람을 즐겁게 해 준 기물 '작풍기'.

하지만 작풍기라고 하기에는 뭔가 밋밋한 것 같았다.

"방금 이 기물의 이름을 정했다."

"무슨 이름으로 정하셨나요?"

"이게 바람을 만들잖아. 이걸 만든 너와 내 성을 따서 은공풍풍기(銀孔風風機) 어때? 멋진 이름이지?"

내 말에 공밀은 어색하게 웃었다.

음, 뭐지? 반응이 이상한데?

그때 공래가 말했다.

"구려……."

"응?"

"이름이 구려요."

"아……."

그러고 보니 내가 이름 정하는 데는 별로 소질이 없긴 했지.

·

·

·

우여곡절 끝에 작풍기의 이름은 그냥 작풍기가 되었다.

바람을 만든다는 직관적인 것이 좋다는 의견 때문이다.

나는 이걸 가지고 북경으로 갈 생각이다.

그리고 황제께 진상할 생각이다.

나는 황제가 지금 정말 원하는 게 뭔지 안다.

그러니 내가 이걸 진상함으로써 내가 원하는 것을 얻을 수 있다.

* * *

다음 날 아침.

나는 오랜만에 사부님을 만났다.

"그간 강녕하셨습니까?"

내 인사에 사부님은 고개를 끄덕이셨다.

"별일 없었습니다만, 도련님께서는 제법 활약하신 듯합니다. 소문이 자자하더군요."

"그저 최선을 다했을 뿐인데 민망합니다."

그렇게 간단한 대화를 나누고, 본격적으로 검술 수련에 들어갔다.

"그동안 수련하셨던 성과를 좀 보겠습니다."

"네."

나는 사부님 앞에서 진설십이식 중 첫 번째 초식인 강설을 선보였다.

사부님의 표정이 점점 심각해지자, 나는 검을 내리며

물었다.

"사부님, 괜찮으십니까?"

"아, 괜찮습니다."

"왜 그러십니까? 혹시 제 검법에 뭔가 문제라도 있는 겁니까?"

"그건 아닙니다."

잠시 망설이던 사부님이 내게 물으셨다.

"정말…… 이전에 진설십이식검법을 배운 적 없으십니까?"

"없습니다."

"그런데 어떻게…… 진설십이식검법을 다 익혔을 때나 알 수 있는 진의를 강설에 담으실 수 있는지. 말이 안 되는데……."

그 말에 나는 순간 뜨끔했다.

하지만 내가 시간을 거슬러 돌아왔음은 아직 말할 수 없었다.

죄송합니다, 사부님.

"저도 그건 잘 모르겠습니다."

"음, 알겠습니다. 어쨌든 다음 초식으로 넘어가죠."

"네."

"팔갑 소이는 제가 말한 것을 가져와 주십시오."

드디어 진설십이식검법 중 두 번째를 배울 때가 되었다.

사실 이전에 배웠던 것이긴 하다.

진설십이식검법 제이식(第二式).

적설(積雪).

눈이 쌓이고 쌓여 결국 아름드리나무가 부러지듯, 공격을 중첩하여 결국 상대방을 꺾는 것이 목적이다.

'적설'은 주로 자신보다 강한 상대를 마주했을 때 쓰는 방법이다.

그렇기에 가장 중요한 건 체력을 배분하는 것이다.

상대방을 여러 번 공격해야 하는데, 상대가 쓰러지기도 전에 지친다면 의미 없는 움직임이 되어 버리니까.

하여 '적설'을 수련할 땐 가장 먼저 쉬지 않고 검을 휘두르는 훈련을 했었다.

처음에는 일각부터 나중에는 한 시진 정도까지.

그게 가능해야 적설을 익힐 수 있기 때문이다.

하여, 팔에 생긴 근육통 때문에 한동안 고생을…….

쿵!

"여기 있습니다요."

그때 팔갑이 커다란 통나무를 가져다 내 앞에 놓았다.

팔갑아, 아니야.

얼른 그거 다시 가져가.

하지만 그 말이 입 밖으로 나가지는 못했다.

"그럼, 지금부터 제가 그만하라고 할 때까지 검을 휘둘러 보겠습니다."

내 팔이 버티려나?

하아, 나도 모르겠다.

* * *

곽명현은 창인표국으로 향했다.

매일 아침 은서호의 처소에 들러 검술을 지도한 후 창인표국으로 가는 것이 정해진 그의 일과이다.

본인 또는 은서호에게 일이 있다면 은서호는 개인적으로 검술을 수련해야 하지만.

사실 혼자서 검술을 수련하는 건 위험한 일이다.

하여 그의 두 아들에게는 자신이 없을 때는 절대 검술을 수련하지 말 것을 명했다.

그런 그가 은서호에게 개인적으로 검술을 수련하라 지시한 건, 주변에 믿을 수 있는 자들이 있기 때문이다.

외총관 고일평이라든지, 그 외에도 무공을 익힌 무사들이 있으니까.

'그리고…… 너무 오성이 뛰어나.'

하나를 가르쳐 주면 열을 깨우친다는 말이 딱 맞을 정도다.

아무리 진설십이식검법에서 가장 기초적인 초식인 일식 강설이라곤 해도 그 진의를 담는 건 검법에 통달한 이나 가능한 일이다.

솔직히, 현재 은서호는 약간 비정상적인 상태이다.

내공은 웬만한 절정 고수들에 맞먹을 정도.

하지만 검술은 열두 개의 초식 중 두 번째 초식을 겨우 익히고 있다.

'솔직히 그 정도 내공이라면 두 개의 초식만 가지고도 어지간한 적들은 다 무력화시킬 수 있을 테지만.'

하지만 그는 가르침에 속도를 낼 생각이 없다.

아니, 속도를 내어서는 안 된다.

진설십이식검법은 가전 검법이다.

그리고 가문 대대로 내려오는 유지에 의하면, 진설십이식을 익힐 땐 반드시 그 정도(正道)를 밟아야 한다고 했다.

만약 이를 거스른다면 반드시 대가를 치렀고, 곽명현은 그 대가가 뭔지 알고 있었다.

큰 힘을 손에 넣는다는 건 인고가 필요한 일인데, 그걸 무시한 자들의 최후는…….

끔찍했다.

다행인 건 은서호가 검술 진도를 빠르게 나가자고 조르거나 하지 않는다는 것이다.

그저 묵묵히 주어진 과제를 해 나갈 뿐이었다.

'그런데 정말 진설십이식검법을 모르고 계신 게 맞는 거겠지?'

오늘 그가 은서호에게 알려 준 검법 '적설'은 강한 적을 쓰러트리는 방법으로, 계속해서 공격을 퍼부어야 했다.

그러자면 치고 빠지는 게 중요했다.

한곳에서 계속 머무르며 공격한다면, 적의 공격에 노출될 수밖에 없으니까.

하여 중요한 것이 바로 보법이다.

사실 무흔보법은 이를 위한 보법이라고 해도 과언이 아니었다.

상대방이 자신의 움직임을 인식하지 못하도록 해야 다음 공격을 성공할 가능성이 높아지니까.

처음 '적설'을 익힐 때 대부분은 보법을 잘 사용하지 못한다.

아직은 익숙하지 않은 보법 때문에 많이 헤매는 것이 보통이다.

하여 열두 개의 초식 중 가장 익히기 어려운 것이 바로 '적설'이다.

하지만 은서호는 아니었다.

'정말 말이 안 되지만, 도련님은…… 보법을 사용하셨다. 그것도 자연스럽게.'

그가 알아본 바에 의하면, 은서호는 자신에게 검술을 배우기 전에 외총관 고일평에게 조금 배운 것 외에는 아예 검술을 접하지 않았다.

그는 아까 생각했던 은서호의 체질을 떠올렸다.

'정말 아버지께서 말씀하셨던 그 예언대로란 말인가?'

* * *

마차는 규칙적으로 흔들리며 앞으로 향하고 있었다.

은길상과 은정호, 그리고 은서호가 타고 있는 마차이
다.

사실 은정호는 상단에 남아 있으려고 했다.

하지만 전대 상단주 은지봉이 그런 은정호를 강제로 보
냈다.

"이런 큰 기회를 놓친다고? 어서 같이 가거라! 이 상단
은 내가 맡았던 상단이다. 지금 이 할애비 늙었다고 무시
하는 거냐?"

"아, 아닙니다, 조부님."

"그럼 당장 북경으로 꺼지지 않고 뭘 하느냐?"

"아직 짐도 싸지 않았……."

"그건 내가 싸 놓으라고 했다."

"……."

그렇게 해서 은정호도 동행하게 된 것이다.

오늘은 북경으로 출발한 지 사흘째 되는 날이다.

지금 은정호는 서류를 들여다보고 있었다.

그리고 은서호는 잠들어 있었다.

은길상은 잠든 아들의 잘생긴 얼굴을 가만히 바라보았다.

'크면서 점점 나를 닮는 것 같군.'

그는 한 달여 전, 은서호가 사천으로 떠나기 전에 그와 나누었던 대화를 떠올렸다.

"이번에 감숙성 지역에서 돌림병이 돌고 있다더구나."

"그거 걱정이네요."

"다행히 소금이 큰 효험을 보인다고 하더구나."

"……소금값이 비싸지겠군요."

"그렇겠지."

"혹시 아버지, 소금을 미리 사서 더 비싸지면 되파는 그런 시세 차익을 노리고 계시는지요?"

그리 묻는 은서호의 눈빛이 살짝 낯설었다.

자신의 생각을 미리 알고 있다는 듯한 느낌을 받았기 때문이다.

"아니다. 우리는 그리하지 않을 것이다."

솔직히 그리한다면 막대한 이익을 얻을 것이다. 하지만 그는 그러고 싶지 않았다.

소금이란 사람들의 삶에 꼭 필요한 생필품이다.

솔직히 사탕은 없어도 삶을 이어 가는 데 지장이 없지만, 소금이 없으면 삶을 이어 갈 수 없다.

그런 상황에서 소금을 웃돈 주고 사서 더 비싸게 팔아

먹는다는 건 일반 백성들의 삶을 도외시한다는 것이다.

은해상단을 만든 먼 선조 때부터 대대로 내려온 유지가 있다.

사람을 귀하게 여기라는 것.

그 '사람'은 상단의 직원이기도 하고, 상단에 속한 장인이기도 했으며, 물건을 사 줄 백성들이기도 했다.

그런 유지를 듣고 배운 은길상에게 소금값으로 차익을 남긴다는 건 탐탁지 않은 일이었다.

분명 백성들에게 큰 피해를 줄 테니까.

그는 천천히, 그리고 분명한 어조로 뜻을 분명히 밝혔다.

"그건 백성들에게 피해를 주는 일이며, 은해상단에 내려오는 유지에 반하는 일이다. 또한, 개인적으로도 내키지 않는구나."

그런 이유와 함께 자신의 촉이 경고하고 있었다.

위험하다고.

그의 대답에 은서호는 빙그레 웃었다.

"아버지의 대답을 듣고 소자, 안심했습니다."

그 웃음에 은길상은 피식 웃었다. 역시 자신의 대답을 예상했다는 표정이다.

"이 녀석, 아비를 시험한 것이더냐?"

"시험이라니요. 어찌 제가 아버지를 시험한단 말입니까? 저는 단지 아버지의 의중이 궁금했을 뿐입니다."

"그래서, 내 의중이 왜 궁금했느냐?"

"달콤한 꿀처럼 보이지만 사실 그 안에는 독이 들어 있으니까요."

"독이 들어 있다?"

"소금값은 더 올라갈 겁니다."

"네 말대로 소금값은 더 올라가서 아마도 어마어마하게 비싸지겠지."

"소금은 생명 유지에 필수적인 생필품입니다. 그걸 황궁에서 보고만 있을까요?"

"아!"

"소자는 그리 생각합니다. 반드시 황궁이 움직인다고."

은서호의 예상대로였다.

황궁이 움직였고 그 결과가 바로 소금 유통법이다.

수많은 상단의 흥망이 엇갈리는 가운데, 은해상단은 생각하지도 못했던 이득을 얻게 된 것이다.

소금 유통법이 시행되었을 땐 은서호와의 대화를 통해 예상했던 것이기에 담담했다.

하지만, 호북성의 소금 소매상으로 은해상단이 선정되었다는 소식에는 담담할 수 없었다.

호북성의 소금 소매상.

그것이 의미하는 것은 생각보다 컸다.

'적어도 호북성 안의 이들은 모두 은해상단의 눈치를

보게 된다는 것이지.'

즉, 은해상단의 행보에 긴장할 이들이 많다는 의미기도
했다.

'그나저나 뜻밖이야. 유소악 그 녀석이 우리 서호를 그
렇게까지 생각하고 있었을 줄이야.'

은서호에게 소단주의 자격을 준다고 했을 때 예상외로
유소악이 반대를 했다.

이에 이유를 물었을 때 유소악이 대답했다.

"그로 인해 도련님께 쓸데없는 관심이 쏠린다면 도련
님께서 많이 피곤해지실 것 같습니다."

그리 말하는 유소악에게는 걱정하는 기색이 역력했다.

"하지만 이미 서호에게 관심이 쏠리고 있으니, 그건 무
의미한 걱정이네."

"그렇군요."

결국 은서호에게 소단주의 자격을 주는 일은 만장일치
로 결정되었다.

'내가 봐도 참 인재는 인재란 말이지.'

그때였다. 쌔근쌔근 자고 있던 은서호가 갑자기 눈을
뜬 것은.

"……!"

깜짝 놀란 은길상이 물었다.

"왜 그러느냐? 잘 자더니."

"그게……."

* * *

북경으로 가는 마차 안에서 나는 잠시 졸고 있었다.

보통 마차는 바닥의 충격을 고스란히 몸으로 받기 마련이었다.

하지만 내가 지금 탄 마차는 다르다.

엉덩이가 보이지 않을 정도로 푹신한 방석이 잔뜩 깔린 덕분에 그런 충격이 전혀 느껴지지 않았다.

몸이 안락해지니 슬슬 졸음이 밀려오기 시작했다.

북경에 도착하기 전에 봐야 할 서류들을 들여다보던 중, 나는 피곤함을 느꼈다.

호북성에서 사천성까지의 여정으로 인해 쌓인 여독이 아직 풀리지 않았기 때문일 터.

아니면 새로 익히기 시작한 검술 때문일지도.

그게 가장 가능성이 높긴 했다.

결국, 피곤함을 이기지 못하고 잠들어 버렸다.

그렇게 한창 달게 자고 있을 때 내 감각을 건드리는 뭔가가 있었다.

흑도들인가?

그리고 뭔가 뾰족한 것이 쿡쿡 찌르는 듯한 기분이 들

었다.

살기다.

우리 앞쪽에서 누군가 우리를 노리고 있는 것이다.

나는 즉시 눈을 떴다.

그런 나를 보며 아버지께서 물으셨다.

"왜 그러느냐? 잘 자더니."

"그게……."

내가 잠시 말을 고를 때, 마차의 창문이 열렸다.

은풍대의 윤충진 부대주의 얼굴이 보였다.

은풍대에서 고일평 외총관 다음으로 가장 실력이 좋은 무사이다.

사실 고일평 외총관이 우리와 동행하려 했다.

하지만 그는 외총관으로서 해야 할 일이 많았고, 본단에 대한 대비도 소홀히 할 수는 없었다.

마침 황궁에서 금의위와 금군을 보내 주었다.

진우림 상단주가 습격을 당한 전례가 있었기 때문이다.

그래서 안전도 어느 정도 보장되었다고 여겨 윤충진 부대주가 가기로 한 것이다.

그도 무언가를 느낀 듯 말했다.

"아무래도 조용히 지나기는 그른 듯합니다."

"습격인가?"

"네. 안전한 마차 안에서 기다리십시오. 그리 오래 걸리지는 않을 듯합니다."

잠시 후.

냉병기가 치열하게 부딪치는 소리가 들렸다. 나는 걱정
되지 않았다.

지금 내 감각에 느껴지는 것으로 보아, 우리 측이 금방
처리할 테니까.

그런데 금군이 지키고 있다고 깃발까지 흔들면서 오는
데 우리를 습격했다고?

그 말인즉, 우리를 콕 짚어서 공격해야 할 이유가 있다
는 것이다.

가장 가능성이 큰 이유는 '소금 소매권' 때문일 것이다.

문득 뭔가 이상하다는 생각이 들었다.

고작 저 정도의 병력으로 우리를 어떻게 하려고 했다
고?

금군들에 금의위 무사까지 있는데?

'아!'

이건 양동작전이다.

저들이 진짜 노리는 건 우리의 목숨을 취하는 것이다.

그때였다.

휙—!

마차 창문을 통해 뭔가가 들어왔다.

젠장! 이건 폭천뢰다!

폭천뢰.

터지면 그 안의 철편들도 함께 터져 나가 사람들에게 큰 상처를 입히는 살상 무기다.

차라리 즉사하면 다행인, 큰 고통을 주는 그런 무기가 지금 마차 안으로 들어온 것이다.

나는 이미 마차를 노린 습격을 예상했다.

그게 폭천뢰였음은 예상하지 못했지만.

"이런 제기랄!"

나는 그것이 마차 바닥에 닿기 전에 그걸 잡아 그대로 창문 밖으로 집어던졌다.

목표는, 폭천뢰를 던진 후 도주하는 복면인이다.

다행히 그곳에 우리 측 무사들은 없다.

그리고 동시에 아버지와 정호 형의 멱살을 잡고 밑으로 끌어당겼다.

"숙이세요!"

퍼엉-!

그 순간, 일대를 뒤흔드는 굉음이 울려 퍼졌다.

그와 동시에 사방에 박히는 파편들.

파바박!

마차에 파편이 박히는 소리가 들렸다.

몇 개는 마차 안에까지 들어와 박혔다.

"......"

만약 그게 마차 안에서 터졌다면 어찌 되었을지 상상하지 않아도 끔찍해서 욕지거리가 나왔다.

"이, 이게 대체 무슨……."

마차 문이 벌컥 열리며 윤충진 부대주가 사색이 되어 물었다.

"괜찮으십니까?"

"우린, 괜찮네."

정호 형이 말을 이었다.

"서호가 적절하게 대처를 한 덕분에 무사합니다. 뭔가가 창문을 통해 마차 안으로 들어왔는데 그걸 집어서 던지더군요."

"무사하셔서 다행입니다."

곧 상황은 정리되었다.

그사이 나는 지금의 일을 분석하기 시작했다.

아무리 생각해도 이거, 소금 소매권을 노린 자의 소행은 아닌 거 같은데.

우리가 제때 북경에 도착하지 못한다고 해도 소금 소매상은 이미 정해진 것이니 말이다.

위험부담을 안고 이런 짓을 해 봤자 소용이 없다.

우리가 없어도 상단에 진호 형을 비롯하여 상단의 주력은 남아 있으니까.

즉, 우리에 대한 개인적인 원한으로 보는 게 맞다.

혹시 무림맹?

그리 생각하던 나는 이내 고개를 저어 그 생각을 털어 내었다.

지금의 무림맹이 우리를 노릴 이유는 없다.

잘 키워서 이용할 생각을 하면 모를까, 굳이 황궁과 척을 져 가면서 이럴 이유는 없지.

금군을 공격한다는 건 황제에 대한 반역이나 다름없는 일이다.

뭐, 이미 황궁과 척을 진 경우라면 모를까.

아…….

문득 이 일을 주도한 흉수로 꼽을 만한 이들이 떠올랐다.

진우림 상단주를 습격했던 자들, 동씨상단이다.

나는 북경의 소식을 가장 잘 알고 있을 만한 자인 금의위 무사를 찾았다.

"저, 대협께 한 가지 여쭙고 싶은 게 있습니다."

"말씀하십시오."

금의위 무사의 반응은 출발할 때와 좀 달랐다.

뭔가 단단하고도 차가운 바위를 마주한 듯했다면 지금은 그 바위에서 온기가 느껴졌다.

"뭐든 말씀드릴 수 있는 것은 말씀드리겠습니다."

"동씨상단에 대해서 알고 싶습니다."

"아…… 그건 왜 물으시는지 먼저 여쭈어도 되겠습니까?"

그의 난감한 표정에 나는 사천에서 있었던 일을 설명했다.

그제야 그는 표정을 풀며 고개를 끄덕였다.

"그때 진 상단주를 구해 주었던 은인이 바로 은 소단주
였군요! 다시 한번 감사드립니다."

"뭔가 쑥스럽습니다."

"그때 은 소단주가 진 상단주를 구하지 않았다면 우리
금의위는 큰 고초를 당했을 겁니다."

그 말에 나는 내 앞의 금의위 무사의 반응이 좀 달라진
이유를 알 것 같았다.

뭐, 나에게는 잘된 일이지.

"동씨상단은 사라졌다고 보면 됩니다. 그 일에 가담한
이들은 모두 형장의 객이 되었습니다."

"그렇군요."

"하지만 어찌 알았는지 도주하여 잡히지 않은 자들이
몇 있습니다."

"잡히지 않은 자들이 있다고요?"

"네. 동씨상단주의 둘째 아들입니다."

* * *

하남성의 한 숲속.

그곳의 동굴 안에서 한 남자가 분통을 터트렸다.

"젠장! 실패라니!"

"호위들의 이목을 끌어 폭천뢰를 마차 안에 집어넣는

것은 성공했습니다."

"그런데? 그런데 왜 실패를 한 거지?"

"안에 있던 누군가가 폭천뢰가 터지기 전에 다시 마차 밖으로 던졌습니다. 그래서……."

"그게 무슨 말도 안 되는 소리야!"

그는 다시 분통을 터트렸다.

그의 이름은 동우역.

동씨상단주의 둘째 아들이다.

그는 상행을 위해 멀리 가 있었는데, 돌아가는 길에 상단의 소식을 듣게 되었다.

황제의 명에 의해 상단이 사라졌다는 것을.

가족들은 물론이고 상단의 몇몇 행수들까지 싹 황궁에 잡혀 들어갔다.

황궁 근처 저잣거리에 효수된 아버지와 형의 수급을 보며 그는 분노했다.

대체 뭘 그렇게 잘못했기에 이렇게까지 잔인한 대우를 받아야 하는지 이해할 수 없었다.

동우역은 복수를 결심했다.

그는 자신과 함께한 덕분에 화를 면한 상단의 사람들과 함께 하남성에 거처를 마련했다.

그리고 아버지의 죽음에 대해 조사를 해 나가기 시작했다.

그 과정에서 알게 되었다.

아버지가 진우림을 습격했고, 그 와중에 은해상단 사람의 방해로 실패했음을.

그리고 황제가 이를 알고 분노하여 동씨상단을 멸하라는 명을 내렸다는 것을.

지은 죄가 있기에 받은 벌이다.

하지만 동우역은 이를 인정하지 않았다.

'그 정도는 상행 중에 얼마든지 일어날 수 있는 일인데 그것을 가지고 그렇게……'

또한, 한 가지 외면하고 있는 사실이 있었다.

일반 상단주를 습격하는 일과 황제의 명을 받은 상단주를 습격하는 일은 그 무게가 다르다는 것을 말이다.

복수심에 불타는 동우역은 그런 것들은 생각하지 않고 오직 복수할 방법만을 생각했다.

황제와 진우림에게 복수할 수 있는 방법을.

그러던 어느 날, 소금 소매상들이 북경으로 간다는 정보를 알게 되었다.

그는 그 정보를 듣자마자 결심했다.

은해상단을 습격하기로.

은해상단은 진우림이 은혜를 입은 곳으로, 그가 상당한 관심을 가지고 있다는 소식을 들었다.

그리고 황제 역시 진우림을 구해 준 은해상단에 고마운 마음을 가지고 있다고 했다.

그런 은해상단의 상단주와 일행이 부름을 받아 북경으

로 오던 도중에 습격을 받아 사망한다면?

'그러면 내 이 마음을 조금이나마 이해할 수 있겠지.'

이를 위해 은해상단을 습격해야 하지만, 동우역은 이 상황이 무척이나 기꺼웠다.

은해상단에 원한이 있었기 때문이다.

'이는 모두 너희가 자초한 일이다. 너희가 진 상단주를 구해 주지만 않았다면 일이 깔끔하게 마무리되었을 것이다. 너희 때문에 일이 이 지경이 되었으니 그 책임이 없다고 할 순 없을 터!'

그는 자신이 가지고 있던 상단의 자금으로 폭천뢰를 구했다.

최대한 고통스럽고 잔인하게 죽이고자 함이었다.

그런데 그 일이 실패한 것이다.

"저, 그런데 도련님."

행수의 말에 동우역이 고개를 들어 그를 보았다.

"할 말이 남았나?"

"그게……."

망설이던 행수가 말을 이었다.

"꼭 복수를 이런 식으로 하셔야겠습니까?"

"그럼 어떻게 하자는 거야?"

"남은 돈이 있습니다. 그걸로 다시 사업을 시작하셨으면 합니다. 이렇게 도련님의 인생이 망가지는 것은 돌아가신 상단주님께서도 원하시지 않을……."

퍼억-!

동우역은 그 행수를 향해 주먹을 휘둘렀다.

행수는 뒤로 나동그라졌고, 동우역은 싸늘하게 말했다.

"주제넘네."

"……."

"내 일은 내가 결정해. 주제넘게 나서지 마."

"……죄송합니다."

그 행수는 고개를 숙이며 속으로 탄식했다.

'이곳에 계속 있다가는 나도 곱게 죽지는 못하겠구나.'

.

.

.

행수는 동굴에서 나왔다.

어두운 동굴에서 나오니 밖의 햇살과 신선한 공기가 더욱 깊이 와 닿았다.

그는 동굴을 지키는 호위들을 피해 동굴에서 조금 떨어진 곳까지 빠져나왔다.

그는 크게 숨을 쉬었다.

그렇지 않고서는 견디지 못할 것 같았기 때문이다.

그때 그에게 누군가 다가왔다.

행수의 밑에 있는 자다.

"행수님, 이제 저희는 어떻게 되는 겁니까?"

"……나도 잘 모르겠구나."

"금군의 깃발이 달린 행렬을 건드렸으니 이는 삼족을 멸하는 중죄 아닙니까?"

그랬다.

금군의 깃발이 달린 행렬은 황제의 명을 받은 이들이라는 의미다.

그들을 건드린다는 건 황제에게 반하는 죄.

삼족을 멸하는 것이 보통이다.

"하지만 저희는 몰랐습니다. 정말 몰랐습니다. 알았다면…… 알았다면……."

행수는 울먹이는 그의 어깨를 두들겼다.

그 모습을 보니 행수는 마음이 착잡해졌다.

* * *

나는 지금 나무 위에 있다.

우릴 노리는 흉수의 자취를 쫓아 이곳에 온 것이다.

흉수를 쫓는 건 어렵지 않았다.

내게는 태음빙해신공으로 인해 얻은 공능이 있었기 때문이다.

이렇게 진한 살기를 보내고 있으니, 찾는 건 식은 죽 먹기였다.

나는 잠시 소피를 보러 간다고 하고는 팔갑과 함께 숲

안으로 들어왔다.

그리고 팔갑에게 이각 안에 돌아온다고 말하고 이곳에 온 것이다.

사부님께서 알려 주신 무흔보법은 흔적이 남지 않으면서 기척 또한 숨길 수 있다.

게다가 무척 빨랐다.

덕분에 일각도 되지 않아 이곳에 올 수 있었다.

그리고 나는 뜻밖의 모습을 볼 수 있었다.

행수로 보이는 자와 그 수하로 보이는 이의 대화였다.

그리고 아까 동굴 안에서의 대화도 들었다.

그 상황은 한마디로 정리할 수 있었다.

개판이네.

내가 이곳에 온 건 분노했기 때문이다.

나는 기회를 얻어 다시 삶을 얻었다. 그런데 그 기회를 허망하게 날릴 뻔했다.

게다가 내 눈앞에서 아버지와 형이 죽을 뻔했다.

그러니 내가 얼마나 분노했겠는가!

하지만 내가 손을 더럽히지 않아도 어차피 처참하게 죽을 자들이다.

대체 어떤 놈인지 그 상판대기를 보려고 이곳에 왔을 뿐이다.

그런데 그 모습을 보자 분노가 사라지며 저들이 불쌍하다는 생각이 들었다.

저들의 죄는 그저 도주했다는 둘째 아들의 명을 받아 움직인 것뿐이다.

그게 금의위와 금군이 호종하는 행렬인 것을 모른 채 말이다.

흑도들을 섭외하여 일을 사주했다고 해도 그 죄는 죄이다.

저들은 그렇다고 해도 그 가족들은 무슨 죄가 있을까?

내가 겪었던 지난 삶에서 동씨상단의 가족 중 도주한 자는 없었다.

하지만 이번에는 둘째 아들이 도주했다.

그 일이 벌어진 건, 그때보다 빨리 흥수를 찾을 수 있었기 때문이다.

그리고 그 결과는 이번 습격으로 돌아왔다.

앞으로도 나는 미래를 바꾸게 될 것이고, 그 반작용으로 인해 수많은 인과가 바뀔 것이다.

하지만 흘리지 않아도 될 피가 흐르는 건 싫었다.

이전 삶에서 저들은 이런 일에 휘말리지 않았을 테지.

폭천뢰를 사용한 것이 화가 났지만, 그게 저들의 생각일 리 없다.

나는 결심했다.

저들에게 살 기회를 주기로.

나는 나무 아래로 내려왔다. 그리고 근처에서 돌멩이를 주워 그들에게 가볍게 던졌다.

툭.

그들은 화들짝 놀라 주변을 경계하더니 조심스럽게 다가왔다.

"뭐지?"

"그냥 돌멩이네요."

"……돌멩이?"

나는 다시 한번 돌멩이를 던졌다.

그렇게 세 번 정도 돌멩이를 던지자, 그들이 조심스레 가까이 다가왔다.

대체 누가 돌멩이를 던지는지 궁금한 표정이다.

그 순간, 나는 그들 앞에 모습을 드러냈다.

"헉!"

"쉿!"

나는 순식간에 그들의 혈도를 점했다.

말도 못 하고 옴짝달싹 못 하는 상태가 된 것.

"우선 제 소개를 하죠. 제 이름은 은서호. 은해상단의 막…… 아니, 소단주입니다."

"……!"

그들의 눈이 커졌다.

"맞습니다. 당신들이 습격을 사주한 그 행렬에 동행하던 사람입니다."

"……!"

"그럼 제가 이곳에 왜 왔을까요? 그건 기회를 드리기

위해서입니다."

"……?"

"솔직히 당신들은 안타까운 사람들입니다. 그저 상단주를 잘못 만난 죄밖에 없는 자들이죠. 그런데 그것 때문에 목이 잘리게 생겼으니 억울하겠죠."

나는 피식 웃었다.

그들의 눈이 그들의 감정을 고스란히 알려 주었기 때문이다.

"이제 곧 이곳에 병사들이 들이닥칠 겁니다. 위소(衛所)에 병력을 요청하러 갔거든요."

"……!"

그건 사실이다.

황제의 사람인 금의위 무사가 직접 갔으니, 위소에서는 요청을 거절할 수 없을 것이다.

"제가 볼 때 남은 시간은 약 한 시진입니다. 이곳에서 망나니 같은 동씨의 둘째 아들을 지키다가 개죽음을 당하든, 아니면 재물을 챙겨서 뜨든 선택은 당신들의 몫입니다."

"……"

"하지만 금군의 추적을 피할 순 없겠죠? 한 보름 정도만 열심히 숨어 계십시오."

이건 그들의 업보니까 그 정도는 감당해야지.

"북경에 도착하면 추적을 멈추게 하겠습니다."

진우림 상단주에게 부탁하면 어떻게든 될 테니까.

"제가 왜 이렇게 하느냐고요? 안타까워서요."

나는 말을 이었다.

"기회는 드렸습니다. 그러니 늦지 않게 결정하세요."

"……."

"하지만 도주하는 대상 중에 저 둘째 도련님이 있어서는 안 됩니다. 그 즉시 도망칠 기회를 박탈할 겁니다."

그와 동시에 나는 그 둘의 혈도를 풀어 주었다.

그러고는 그들에게 빙긋 웃어 보이며 팔갑이 기다리는 곳으로 달려갔다.

나는 저들에게 기회를 줬다.

선택은, 저들의 몫이다.

16장. 인재를 낚다

 인재를 낚다

동우역은 동굴에 마련된 간이 침상에서 눈을 떴다.

행수가 기분을 언짢게 해서 죄송하다며, 우선 푹 자고 일어난 후 다시 복수 방법을 생각해 보자면서 술을 가져온 것.

술은, 상당히 독한 화주(火酒)였다.

그렇게 술을 마시고 곯아떨어졌다가 지금 일어난 것.

목이 타는 것 같았다.

"으, 목말라. 야! 누구 없어? 물 가져와! 물!"

"……."

하지만 그 어떤 소리도 들리지 않았다.

가끔 들리던 새 소리도 들리지 않았기에 이 상황이 더욱 기괴하게 느껴졌다.

뭔가 잘못되었음을 깨달은 그는 침상에서 벌떡 일어나 동굴 밖으로 나왔다.

곧 난장판이 된 상황을 볼 수 있었다.

정말 쓸 만한 건 전부 사라진 상태였다.

그는 곧 상황을 깨달았다.

부하들이 그를 버리고 도주했다는 것을.

아직 얼큰하게 취해 있던 술이 삽시간에 깨 버렸다.

"뭐, 뭐야? 뭐야, 이거! 지금 전부 도망쳐 버린 거야? 그런 거야? 나는 어떻게 하고?"

믿기지 않는다는 표정으로 중얼거리던 그는 결국 절규했다.

"젠자자자자앙!"

그때였다.

다다다다-!

수많은 이들이 달려오는 소리, 그리고 말발굽 소리가 들렸다.

동우역의 안색이 갑자기 밝아졌다.

자신을 버리고 갔던 이들이 돌아왔다고 생각한 것이다.

하지만 그의 앞에 나타난 이들은 금군들과 금의위였다.

"대역 죄인 동우역이다! 포박하라!"

"네!"

그 상황에 동우역은 뒷걸음질 쳤다.

"아, 아니야! 이건, 꿈이야! 나는 아직 꿈에서 깨지 않은 거야!"

하지만 현실을 부인해도 소용이 없었다.

그렇게 그의 잘못된 복수에 대한 집착은 물거품이 되어 사라졌다.

* * *

나는 광활한 대지 위에 서 있는 수많은 저택을 보았다.

북경에 도착한 것.

우선 진우림 상단주의 저택으로 가야 했다.

최종적인 일 처리가 그곳에서 이루어지기 때문이다.

잠시 후, 마차가 한 저택 앞에 멈추었다.

"도착했습니다."

우리를 호위해 준 금의위 무사의 말에 우리는 마차에서 내렸다.

그리고 아버지는 그에게 감사 인사를 했다.

"이곳까지 저희를 호위해 주심에 감사드립니다."

"아닙니다. 이는 황제 폐하께서 맡겨 주신 소임을 다한 것뿐입니다. 오히려 제가 감사를 드려야지요."

그는 나를 보며 말을 이었다.

"하마터면 그 소임을 다하지 못할 뻔했으나, 공자의 기지로 소임을 무사히 수행할 수 있었습니다. 공자께 감사드립니다."

"대협께 감사를 받다니! 과분하지만 기쁘게 받겠습니다."

나는 그리 말했다.

감사를 거절하고 거절하다 보면 시간이 계속해서 늘어질 것 같았기 때문이다.

들어가서 좀 쉬고 싶었다.

그때 저택 안쪽에서 한 무리의 이들이 나왔고, 나는 반가운 얼굴을 볼 수 있었다.

"오! 은서호 공자! 왔는가?"

"진 상단주님을 뵙습니다."

"내 이야기 들었네. 동씨상단의 남은 생존자로 인해 고초를 겪었다지?"

"별것 아니었습니다."

"별것 아니긴! 폭천뢰가 마차 안에서 터질 뻔했는데 그게 어찌 별것이 아닌가?"

역시 진우림 상단주이다.

다 알고 계시는구나.

"다행히 둘째 아들은 잡혔지만, 문제는 도주한 다른 이들인데……."

"아직 잡지 못한 건가요?"

"그랬네. 하지만 수색을 계속하고 있으니 조만간 잡을

수 있을 것이네."

나는 웃으며 말했다.

"상단주님께 청이 하나 있습니다."

"뭔가?"

"그 수색을 멈추어 주십시오."

"수색을 멈추어 달라고? 어째서인가?"

진 상단주는 의문스러운 표정으로 내게 물었다.

"그게 어찌 그들의 뜻이었겠습니까? 그들을 이끌던 둘째 아들의 뜻이었기에 그랬을 겁니다."

"그랬겠지."

"그들은 한낱 도구였을 뿐입니다. 도구에게는 죄가 없습니다. 또한, 그들에게는 그들의 식솔들이 있습니다. 그로 인해 죄 없는 그 식솔들까지 해를 당한다면 저는 그 원망을 감당할 수 없습니다."

나는 말을 이었다.

"저는 담이 약해서 만약 그들이 해를 당했다는 소식을 들으면 몸져누울 듯합니다."

"저런! 그러면 안 되지!"

"하여 부탁드립니다. 수색을 멈추어 주십시오."

내 말에 잠시 생각하던 진 상단주가 고개를 끄덕였다.

"알겠네. 내 황제 폐하께 아뢰어 보겠네."

"감사합니다."

"그럼 이제 들어가도록 하지. 여독이 쌓였을 텐데 그걸 제

때 풀어 주는 것도 상인으로서 장수할 수 있는 비결이네."

"알겠습니다."

나야말로 바라던 바다.

진우림의 저택은 상당히 컸다.

안내인이 없다면 길을 잃어버릴 정도였다.

진 상단주는 일이 있기에 집무실로 돌아갔고, 우리는 그의 부관에게 안내를 받았다.

"정말로 넓군요."

"이번에 황제 폐하께서 하사하신 저택입니다. 이곳은 상단주님과 상단 사람들이 거하는 곳이고, 저곳은 소금 매매를 담당하는 자들이 일하는 곳입니다."

"그렇군요."

"무척이나 넓어서 종종 길을 잃어버리는 분들이 많습니다. 그러니 외출하실 땐 하녀들에게라도 길 안내를 부탁하시는 편이 좋습니다."

"알겠습니다."

"아, 저곳에는 후원이 있습니다. 연못도 있고 기암괴석들과 화초들도 많으니 틈이 나면 한번 구경해 보시지요."

우리는 그 부관에게 이런저런 설명을 들으며 처소에 도착했다.

처소에는 빈객당(賓客堂)이라는 현판이 걸려 있었다.

귀한 손님이 머무는 곳이라는 의미다.

건물 이름이 직관적이네.

우리는 별당 하나를 배정받았다. 방이 열 개는 넘어 보였다.

"이곳이 여러분이 사용하실 곳입니다."

부관은 나를 보았다.

"그리고 진 상단주님을 구해 주신 것, 개인적으로 감사드립니다. 사실, 진 상단주님은 제 아버지와 같은 분이십니다. 만약 대경할 일을 당하셨다면 저는……."

나는 그의 눈을 보았다.

그 눈에 진심이 담겨 있었다.

"진 상단주님을 도울 수 있었던 건 하늘이 진 상단주님을 좋아하시기 때문인 듯합니다."

내 말에 부관이 말을 이었다.

"네, 정말 하늘이 좋아하실 분입니다."

.

.

.

그날 저녁은 연회장에서 먹었는데, 그곳에는 이미 도착해 있던 다른 상단의 이들도 초대되었다.

연회장은 위에서 보면 크기가 다른 커다란 사각형 두 개를 겹친 듯 보였다.

바깥쪽은 상단에서 데리고 온 이들의 자리였다.

그리고 한 단 위에 있는 중앙은 상단의 상단주를 비롯

하여 중요한 인물들의 자리였다.

"참 구조가 특이하네요."

정호 형의 말에 우리를 안내해 준 하인이 말했다.

"호위를 위해서 오신 분들도 있고, 말씀하시다 보면 부관이 필요하실 때도 있고 하여 이런 구조로 만들었다고 알고 있습니다."

사실 나는 이런 구조가 익숙했다.

언젠가부터 연회장을 이런 구조로 만들기 시작했기 때문이다.

이곳이 시작이었구나.

우리를 따라온 윤충진 부대주를 비롯한 이들은 주변 적당한 곳에 자리를 잡고 앉았다.

그리고 아버지와 정호 형, 그리고 나는 가운데 마련된 곳에 앉았다.

앞에 이름이 적힌 패가 놓여 있었다.

우리가 다가가자 앉아 있던 이들이 자리에서 일어났다. 그들은 본 나는 빙그레 웃었다.

내가 아는 분들이다. 금진상단 사람들.

아, 지금은 저분이 상단주시구나.

나이가 지긋하신 현 상단주를 보자, 새삼 내가 과거로 돌아왔음을 실감할 수 있었다.

그들은 진우림 상단주가 소금 소매상으로 낙점했을 만큼 좋은 분이기도 했다.

아버지가 나이가 더 적으니, 먼저 인사를 하셨다.

"처음 뵙겠습니다. 호북성에서 은해상단을 운영하고 있는 은길상이라고 합니다."

"하북성에서 금진상단을 운영하고 있는 인준이라고 합니다."

두 상단주의 인사가 끝나자 뒤에 서 있는 우리들의 차례가 되었다.

인준 상단주와 함께 온 자는 그의 장남 인광.

나와 선의의 경쟁을 벌였었지.

내가 죽을 때까지도 하북성에서 존경받는, 허튼 장난치지 않고 정도를 지킨 인물이다.

"은해상단주의 장남이자 소단주 은정호입니다."

"은해상단주의 삼남이자 소단주 은서호입니다."

내 소개에 인준 상단주는 고개를 갸웃했다.

"은서호 공자가 삼남이라면, 중간에 아들 하나가 더 있다는 의미인데?"

그런 의문은 당연했다.

아버지가 대답하셨다.

"맞습니다. 둘째 녀석도 있는데, 녀석은 상단에 남아 있습니다."

"그럼 은서호 공자는 지금 나이가……?"

"열다섯입니다."

내 대답에 인준 상단주는 놀랍다는 표정이었고, 아버지

가 설명을 이으셨다.

"원래라면 서호도 스무 살이 되어서야 소단주가 되겠지만, 워낙 뛰어나서 말입니다. 하여 휘하의 모든 행수가 동의하여 소단주가 되었습니다."

"오! 그랬군!"

아버지의 말에 인준 상단주와 인광 소단주가 나를 바라보는 눈빛이 달라졌다.

음, 좀 부담스럽네.

그때 다른 상단 사람들이 들어왔고, 그들과도 인사를 나누었다.

오늘까지 도착한 상단은 총 열한 개 상단이다.

이번에 총 스물세 개 상단이 초대되었으니 절반 정도가 도착한 셈이다.

각 성에 하나의 상단이 소금 소매상으로 낙점되었고, 신강과 서장을 담당한 상단이 하나, 요녕부터 흑룡강까지를 담당한 상단이 하나로 총 스물세 개 상단이다.

북경은 염평상단에서 직접 담당하기로 했다.

어느 정도 먹고 마셨을 때 사람들은 한둘씩 자리를 뜨기 시작했다.

그도 그럴 것이 진짜 이야기는 이런 곳이 아닌 각자의 처소에서 오가는 법이니까.

진 상단주도 그걸 알기에 식사만 하고 자리를 뜬 것일 터.

그러니까, 앞으로 소금 소매상으로서 함께 일하게 될 테니 안면을 트는 목적인 것이다.

나 역시 자리에서 일어났다.

북경에 왔으니 북경의 저잣거리에 가 볼 생각이다.

아까 도착하자마자 침상에 누워 푹 자서 그런가 피곤도 어느 정도 풀렸으니까.

"아버지, 저는 잠시 저잣거리에 나갔다 오겠습니다."

내 말에 아버지는 고개를 끄덕였다.

"그렇게 하도록 해라. 정호도 함께 다녀오든지."

그러자 형이 물었다.

"나도 같이 가도 되냐?"

"물론이지."

그렇게 정호 형과 함께 북경의 저자로 나갔다.

북경의 저잣거리는 화려했다.

그 화려함에 정호 형은 눈이 팽팽 돌아갔고, 나는 그런 정호 형을 보며 피식 웃었다.

"형, 촌놈 티 내지 말고 좀 다녀."

"하지만 내 생각보다 더 화려해서 말이다."

하긴, 형은 북경에 처음 와 보는 것일 테니 이해는 간다. 나 역시 그랬었으니까.

"그런데 너는 아무렇지 않구나."

"나?"

"그래, 왠지 익숙해 보이는구나."

그 말에 나는 겸연쩍게 웃어 보였다.

이전 삶에서도 달에 한 번은 꼭 이곳에 와서 이곳 지부를 관리하곤 했었다.

그러니 익숙한 게 당연했다.

또한 북경의 이 밤거리는 화려하다기보다는 고급스러운 것이라고 할 수 있었다.

아무래도 황제가 거하는 자금성이 있고, 고관대작들이 많이 머무는 만큼 고급스러움이 물씬 풍겼다.

정말 화려한 곳은 낙양이지.

낙양의 밤거리는 이 북경과 비교도 되지 않을 정도로 요란스러웠으니까.

그러고 보니, 무림맹이 낙양에 있었지.

지금 이곳은 곧 다가오는 칠석을 맞이하여 벌써 홍등을 달고 있었다.

견우와 직녀가 만난다는 칠석.

그걸 보자 형이 마음에 두고 있는 소저가 떠올랐다.

"그런데 형."

"왜 부르냐?"

"형은 정인 없어?"

"……정인?"

"마음에 둔 여자 말이야. 있을 것 같은데?"

내 물음에 갑자기 정호 형의 얼굴이 붉어졌다. 그걸 보자 나는 피식 웃었다.

"누군데?"

"그게…….."

망설이는 형에게 내가 물었다.

"혹시 형이 마음에 두고 있는 분이, 진씨무관의 장녀야?"

"헉!"

내 말에 형은 깜짝 놀랐다.

"어, 어떻게 알았어? 티 많이 났어?"

"아니."

"그럼 어떻게 안 거야?"

"내가 능력이 좋아서 알아차린 거야."

……라고 말은 했지만, 이전 삶에서 형은 진씨무관의 장녀와 혼인을 했다.

이때부터 형이 형수님을 좋아했구나.

그런 거면 그냥 후딱 청혼할 것이지, 왜 미루고 미루면서 형수님만 고생시키고 늦게 혼인했는지 모르겠다.

좀 일찍 혼인했으면 형수님이 고생할 일도 없었을 텐데 말이다.

"이왕 북경에 왔으니까 그분 선물이라도 하나 사 가는 건 어때? 뭐라도 하나 쥐여 줘야 마음이 있는지 알지."

"그, 그래도 되려나?"

"연모한다면서? 그러면 좀 과감해도 될 것 같은데?"

나는 슬쩍 형의 뒤에서 걸어오고 있는 전우진 무사에게 물었다.

"안 그런가요?"

"저 역시 그렇게 생각합니다."

전우진 무사는 형의 소단주 공표식 때의 습격으로 부상을 당했지만 지금은 완전히 쾌차했다.

하여 이번에 형을 따라올 수 있었다.

형의 뒤를 든든히 지켜 주고 있는 그 모습을 보니 몹시 뿌듯했다.

이제 더는 형의 주정을 들을 일도 없겠지.

"저기 여자들 장신구 파는 곳이네. 가자."

"어? 어어."

나는 형의 팔을 잡아끌었다. 그리고 그 장신구 파는 곳으로 향할 때였다.

어?

그때 내 코에 향기가 스쳤다.

분명 어디선가 맡아 본 적이 있는 그런 향기였다.

난꽃향 같은⋯⋯.

나는 기억을 더듬었고, 곧 그 향기가 뭔지 깨달았다.

전에 연화루의 루주가 도운상단의 힘을 빌려 재경각에 고의로 불을 지르려고 했던 사건이 있었다.

당시 연화루에 갔을 때, 재정이 좋지 않던 그곳에서 오히려 전각을 짓고 있었기에 이상하다는 생각이 들었었다.

하여 그 건물을 살피러 갔을 때 그곳에서 수상한 복면

인을 만났었다.

그 도주한 복면인에게서 났던 향기다.

그걸 깨닫자 나는 황급하게 주변을 살폈다.

어디지?

어디에 있는 누구에게 나는 향기이지?

솔직히 그자를 찾는다고 해도 내가 얻을 수 있는 것은 무림맹의 동태 정도일 것이다.

아니면 무림맹의 숨겨진 동조자의 정체를 알게 되는 정도다.

그런데 왜 이렇게 강렬하게 그 복면인을 찾아야 한다는 생각이 드는 거지?

나는 그 향이 느껴지는 곳으로 후다닥 달려갔다.

하지만 그 향기는 이내 사라졌다.

정말 순식간의 일이었고, 나는 황망한 표정으로 허공을 바라보았다.

방금 있었던 일이 마치 꿈처럼 느껴졌다.

"서호야, 왜 그래? 무슨 일 있어?"

그런 나를 형이 걱정스러운 표정으로 불렀다.

"도련님, 괜찮으십니까? 갑자기 왜 그러십니까요?"

"서호야."

나는 고개를 흔들었다.

그 향기의 주인을 찾아야 한다는 열망이 순식간에 사라졌다.

마치 찬물을 뒤집어쓴 듯했다.

나는 한숨을 내쉬었다.

"아무것도 아니야."

"많이 피곤해 보이는데, 그만 들어가자."

"그게 좋겠습니다요."

형과 팔갑의 말에 나는 고개를 끄덕였다.

"여독이 풀렸다고 생각했는데 아닌가 보네."

확실히 사천에 다녀오자마자 며칠 되지도 않아 다시 북경으로 오는 일이 좀 힘들었던 것 같다.

"형수님에게 줄 선물은 다음에 사러 오자."

내 말에 형의 얼굴이 빨개졌다.

"혀, 형수라니……."

"혼인까지 생각하고 있잖아. 그럼 형수지 뭐."

"하하하하."

형은 부인하지 않았다.

그러니까 상단에 돌아가자마자 청혼을 하라고.

우리는 진 상단주의 저택으로 발길을 돌렸다. 그때 우리 눈에 띈 장면이 있었다.

"이 거지새끼가!"

"저는 만두를 훔치지 않았어요."

"어디서 거짓말이야! 내가 다 봤는데!"

"저는 다른 애들이 만두를 훔치려는 것을 알려 주려고 했다고요."

"너도 저 새끼들과 한패잖아!"

빗자루를 휘두르는 주인과 그 주인이 휘두르는 빗자루에 얻어맞고 있는 거지 소년이었다.

거지 소년은 정말 억울한 표정이었다.

이 북경에도 거지는 있네. 그만큼 사는 것이 힘든 사람들이 많다는 거겠지.

저러다가 애 잡을 것 같다는 생각이 들어서 나는 그 주인에게 다가갔다.

"그만 때리십시오."

"넌 뭐야?"

"지나가던 사람입니다."

"지나가려면 얌전히 지나가……."

퉁명하게 말하던 주인은 말을 흐렸다.

아무래도 내가 입은 옷이 질 좋은 비단으로 지은 것임을 알아차렸기 때문일 터.

아무리 내면이 중요하다고 하지만 이런 사람들 때문에라도 외면에 신경 쓰지 않을 수가 없다니까.

"험험, 공자께서는 신경 쓰지 않으셔도 됩니다. 그냥 이 거지새끼 버릇을 좀 고치려고 합니다."

"이 아이가 무슨 잘못을 했습니까?"

"글쎄, 이 녀석이 만두를 다섯 개나 훔쳤습니다!"

"들어 보니 다른 녀석들도 있다고 하던데요?"

"이 녀석이 바람잡이를 하는 동안 그 녀석들이 만두를

훔친 게 틀림없습니다!"

"그 녀석들은 몇 명이었습니까?"

"다섯 명이었습니다. 각자 하나씩 만두를 집어 가서 제가 똑똑히 기억하고 있습니다."

그 말에 나는 고개를 끄덕이며 말했다.

"다섯 명이 각자 만두 하나씩이라…… 그럼 이 아이의 몫은 없네요."

"나누어 먹겠죠."

"이 아이가 맞는 것을 보고도 나 몰라라 하는 녀석들이 만두를 나누어 준다? 당장 내 입에 만두가 들어가는 것이 중요한 녀석들이 만두를 나누어 준다라…… 좀 이상하지 않습니까?"

"그게……."

그건 거지뿐만 아니라 사람이 가진 본능이다.

배가 고파 죽을 지경인데 다른 사람에게 만두를 나누어 준다?

다른 사람이 있다는 건 인지할 수 있을까?

만두만 보일 텐데?

"그 아이들이 만두를 자주 훔칩니까?"

"열흘에 한 번 정도 훔칩니다."

"그럼 그 얼굴을 어느 정도 알겠군요. 그럼 이 아이를 전에 본 적이 있습니까?"

"……최근에 이곳에 들어온 아이입니다."

"이 아이가 그들과 다닌 것을 본 적이 있습니까?"

"……."

그때 구경꾼 중 하나가 외쳤다.

"전에 그 아이가 다른 패거리에게 맞고 있는 것을 봤습니다."

"그래서 도와줬지요."

소년의 얼굴을 보니 오래된 멍 자국이 많았다.

이게 그때 생긴 거구나.

아무튼, 구경꾼들의 말에 아이는 그들과 패거리가 아님이 증명되었다.

나는 소년을 보았다.

"너는 그 애들이 만두를 훔치려는 것을 알려 주려고 했다고 했지?"

"그렇습니다."

"그럼 너는 왜 만두를 훔치지 않았니?"

소년이 씩씩하게 대답했다.

"군자는 도둑질하지 않으며 현인은 훔치지 않는다고 했습니다. 아무리 궁핍해도 불의한 재산을 탐내는 건 참된 군자가 아닙니다."

나는 살짝 놀랐다.

그런 말이 나올 줄은 예상하지 못했기 때문이다.

"……몇 살이니?"

"올해 열셋이 되었습니다."

"그렇구나."

나는 만둣집 주인을 보았다.

"이 아이는 만두를 훔친 아이들과는 다른 듯합니다만?"

"험험……."

나는 소년에게 물었다.

"사과를 받고 싶니?"

그 물음에 소년은 고개를 저었다.

"비록 제 의도가 선했다고는 하나, 저로 인해 손해를 입었습니다. 제가 사과드려야 한다고 생각합니다."

그는 정중하게 포권했다.

"사과드립니다."

"험, 험험, 아니다. 오해해서 미안하다."

나는 주인에게 동전을 내밀었다.

"받으십시오?"

"이건…… 뭡니까?"

"사과에는 금전적인 대가가 따라야지요. 그 대가입니다."

"아……."

주인은 살짝 고민했지만, 그 동전을 받아서 전낭에 넣었다.

그리고 난 그 모습을 지켜보았다.

그렇게 일을 마무리한 나는 소년을 만둣집에서 좀 떨어

진 곳으로 데리고 왔다.

"맞은 곳은 괜찮니?"

"아프지만, 이 정도는 괜찮습니다. 오늘 도와주셔서 감사합니다."

"그래도 의원에게 가 보는 것이 좋겠다."

내 말에 정호 형도 고개를 끄덕였다.

"조그마한 상처라도 크게 성이 날 수 있으니까."

"그 전에 좀 씻어야겠습니다요."

팔갑의 말에 나는 고개를 끄덕였다.

좀 피곤하긴 했지만, 내가 구한 아이다. 이대로 맞은 것이 병이 되어 죽게 할 수는 없었다.

나는 소년을 데리고 인근 객잔으로 향했다.

신분도 확실하지 않은 소년을 데리고 진 상단주의 저택으로 데리고 갈 수는 없었기 때문이다.

팔갑이 소년을 객잔의 욕실로 데리고 들어가 깨끗이 씻긴 후 데리고 나왔다.

마침 도착한 의원이 소년의 상처를 치료해 주었다.

그런데 소년의 등에 커다란 검상이 있었다.

저런 검상을 입고도 죽지 않았다는 것이 놀라울 정도였다.

"한 삼 일 정도 약을 바르면 걱정하지 않아도 될 겁니다."

"감사합니다."

의원이 돌아간 후 나는 소년에게 말했다.

"그럼 밥 먹자."

솔직히 늦은 시간이긴 했지만, 소년이 아직 저녁을 먹지 않았음을 알 수 있었다.

아까부터 소년의 배 속에서 천둥이 쳤으니까.

일 층에 내려온 나는 소년을 위해 음식을 주문해 주었다. 늦은 시간이라서 만두와 국수밖에 되지 않았지만.

그래도 소년은 맛있게 먹었다.

녀석, 참 복스럽게도 먹네.

그때 소년이 만두를 보다가 나에게 물었다.

"아까, 만둣집 주인에게 돈을 준 것. 일부러 그러신 거죠?"

"어?"

"공자께서 그 주인을 시험해 보기 위해 돈을 주신 거 아닙니까?"

맞다.

하지만 그걸 이 녀석이 알아차릴 거라고는 생각지도 못했다.

문득 그걸 어찌 알았는지 호기심이 들었다.

"왜 그렇게 생각했는데?"

"이미 제 사과에 주인은 오해해서 미안하다고 말한 것으로 끝난 상황이었습니다."

"그랬지."

"그런 상황에서 공자께서는 돈을 주며 제 사과에 대한 금전적인 대가라고 했습니다. 이미 상황이 끝난 상태에서 그리하셨다는 건 뭔가 노리는 것이 있기 때문이라고 생각했습니다."

"맞아. 정확해."

나는 웃으며 말을 이었다.

"그 돈을 줌으로써 만둣집 주인이 너의 사과를 받은 것인지, 아니면 그냥 체면 때문에 마지못해 그리한 것인지 알아본 거지."

"그러셨군요."

"만약 그 돈을 받지 않았다면, 만두를 도둑맞지 않는 방법을 알려 주려고 했었는데 말이지."

내 말에 소년이 말했다.

"그 방법이라면, 저도 압니다."

"안다고?"

"네."

소년은 고개를 끄덕였다.

"네가 생각한 방법이 뭔데?"

"만두를 펼쳐 놓은 반경이 너무 넓습니다. 여러 단을 쌓더라도 펼쳐 놓는 반경을 좁혀야 합니다. 그것 하나만 고쳐도 지금보다 도둑맞는 만두가 줄어들 겁니다."

내가 생각했던 방법이 맞다.

이것 외에도 몇 가지 방법이 더 있긴 하지만 말이다.

"그런 간단한 것을 어째서 그 주인장은 생각하지 못하는지 모르겠습니다."

그 말에 나는 피식 웃었다.

"그런 사람이니까 내가 준 돈을 받았겠지."

"그것도 그렇습니다."

이야기하다 보니 점점 아이가 범상치 않다는 것을 깨달을 수 있었다.

나이 열셋에 이 정도로 말할 수 있다는 건 가르치면 상단의 인재가 될 거라는 의미다.

"혹시, 너 글 아니?"

"……압니다."

소년의 눈이 반짝이고 있었다. 기회를 포착한 맹수의 눈빛이었다.

"대학까지 배웠습니다."

소년은 말했다.

"공자는 돈이 많으시죠? 그럼 저를 고용해 주세요!"

"너를 고용해 달라고?"

"네! 뭐든 하겠습니다."

사서삼경 중 대학까지 배웠다는 말에 나는 의문이 들었다.

책값은 비싸다.

게다가 대학까지 배웠다는 건 스승이 있다는 것과 진배없다.

그런 아이가 거지로 지낸다는 건 분명 무슨 사정이 있다는 것.

하지만 여기서 그 사정을 듣기는 어렵겠지.

나는 식사를 마친 소년을 데리고 다시 객실로 들어갔다.

"아까 너를 고용해 달라고 했지?"

"네, 그렇습니다."

"그런데, 어쩌다가 홀로 떠돌게 된 거니?"

"그게……."

"그 사정을 알아야 나도 마음 놓고 고용할 수 있지 않겠니?"

소년의 눈에서 눈물이 주룩 흘렀다.

"사실 저는 무가에서 태어났습니다."

나는 묵묵히 소년의 말을 들었다.

"그러던 어느 날, 한 무리의 이들이 침입했고 그 와중에 기절했다가 깨어나니 집은 이미 불타 버린 후였습니다."

"……."

"살아남은 가족은 없었습니다."

"그 이후로 이런 생활을 해 온 거니?"

"네. 재작년부터 떠돌다가 이곳에 들어온 지 반년 정도 되었습니다."

"고생이 많았겠구나."

아까 의원이 소년의 상처를 치료할 때 봤던, 등을 가로지르는 검상을 보고 뭔가 싶었는데 이제야 그 검상이 생긴 연유를 알게 되었다.

"그런데 무가에서 태어났으면 어느 정도 외공이라도 익혔을 텐데 왜 또래들에게 맞고만 있었던 거니?"

"저는 무공을 익히지 않았습니다. 무공을 익힐 수 있는 체질이 아니라서요."

그랬구나.

이 소년을 어찌해야 할지 고민할 때 정호 형이 나에게 말했다.

"네 마음 가는 대로 해라."

"응?"

"너 지금 이 녀석이 마음에 들잖아. 그리고 이미 떠돌기 시작한 지 이 년째다."

"그렇긴 하지."

"너는 그 녀석을 쫓는 자들로 인해 상단이 피해를 입지 않을까 고민하는 것 같은데, 내가 볼 때 그 녀석이 살아 있을 거라고 생각하는 자는 아무도 없을 거다."

"하긴, 그렇겠지."

나는 결정했다.

이 아이를 고용하기로.

이 정도의 총명함과 학식이라면 잘 가르치면 상단에 도움이 될 것이다.

"그런데 아직 네 이름도 묻지 않았네. 내 이름은 은서호라고 해. 네 이름은 뭐니?"

"제 이름은 쓸 수 없습니다."

"알아. 그래도 알고 싶어서 그래."

"제 이름은…… 민지익입니다. 하지만 저는 제 정체를 숨기기 위해서 스스로 이름을 지었습니다. 앞으로 이 이름으로 불러 주셨으면 합니다."

"알았어. 그래서 네가 지은 이름이 뭔데?"

"석일송(石一松)입니다."

잠깐, 뭐라고?

석일송?

만통마군(萬通魔君) 석일송?

이전 삶에서 천마신교의 명재상으로 불린 그 사람?

무림맹은 천마신교를 습격한 적이 있었다.

미리 천마신교로 들어가는 물자를 끊어 버리는 등 철저하게 준비한 습격이었다.

중원의 모든 이들은 무림맹의 승리를 예견했었다.

하지만 결과는 달랐다.

천마신교는 무림맹의 습격을 막아 낸 것은 물론이고, 오히려 신강을 넘어 청해와 감숙 일부분을 역으로 먹어 버리기까지 했다.

그 중심에는 한 행정가가 있었다.

그는 탁월한 관리 능력과 예측력을 기반으로 위기 상황을 예측했고, 철저하게 대비하여 물자 부족으로 인한 피해를 최소화했다.

그 전투가 천마신교의 승리로 끝날 수 있던 건 그 행정가 덕분이라고 해도 과언이 아니었다.

그 행정가가 시기적절하게 물자를 보급했기 때문이다.

이에 천마신교의 교주는 친히 그에게 천마신교의 모든 것은 그를 통하게 하라는 의미로 만통마군(萬通魔君)이라는 명호를 내렸다.

그 자리에서 그는 자신의 이름의 연유를 밝혔고, 이는 세간에 널리 퍼져 나 역시 알고 있다.

혹시나 하는 마음에서 녀석에게 물었다.

"혹시 폐허가 된 주춧돌 위에 소나무가 자라는 것을 보며 너도 그렇게 단단한 사람이 되고 싶다는 마음에서 석일송이라고 지었니?"

"어? 맞아요. 어떻게 아셨어요?"

나는 잠시 말을 잃었다.

무공을 익힐 수 없는 체질.

그리고 내가 방금 말한, 스스로 지은 이름의 의미.

진짜 석일송이다.

나는 눈을 동그랗게 뜨고 나를 바라보는 녀석, 그러니까 석일송에게 말했다.

"그냥 그럴 것 같았어."

대체 내 이전 삶에서 어떤 일이 있었던 걸까?

무슨 일이 있었기에 이런 소년이 천마신교로 흘러들어가 중원을 공포에 몰아넣었던 걸까?

이 녀석이 천마신교에 투신하기 전에 내가 발견해서 다행이다.

이 녀석의 재능은 그런 살육이 아닌, 건설적이고 희망적인 미래를 위해 쓰여야 했다.

"우리는 호북성에서 왔어. 너도 우리를 따라서 호북성으로 가야 한다는 건데, 가능하겠니?"

"물론입니다."

"우리는 상단이야. 너를 고용한다는 건 네가 상단의 일을 도와야 한다는 뜻이지."

"불법적인 일만 아니라면 무슨 일이든 상관없습니다."

나는 석일송 이 녀석을 어디에 써먹어야 할지 고민하지 않아도 되었다.

이번에 소금 소매상으로 선정되면서 일은 더더욱 많아질 터.

거기에 이번에 나는 소단주가 되었다.

소단주로서는 더 이상 유 총관의 보조원으로 일할 수 없는 상황이다.

그러니 유 총관에게 전담으로 붙을 똘똘한 각원이 하나 필요했다.

유 총관은 평소 사람에 대한 불신이 강한 편인지라 그동안 보조원을 두지 않았었다.

하지만 석일송이라면 유 총관의 불신을 누그러트릴 수 있을 것이다.

나이가 어리고 삶에 대한 의지가 강하며, 또 총명하기까지 하니까.

유 총관에게 데려다가 잘 키워 보라고 하면 될 듯했다.

"너는 여기서 머무르고 있다가 우리가 호북성에 돌아갈 때 같이 가자."

"그럼 저를 고용하신다는 말씀인가요?"

"응."

"감사합니다! 열심히 하겠습니다!"

문제는 이 녀석이 열세 살이라는 거다. 객잔에 혼자 머무르게 하기에는 여러모로 걸리는데…….

그런 내 고민을 알았는지, 팔갑이 얼른 나에게 말했다.

"도련님, 소인이 이 녀석이랑 함께 객잔에 머무르겠습니다요."

"괜찮겠어?"

"물론입니다요."

"고마워. 대신 이 돈으로 맛있는 것도 사 먹고 해."

나는 팔갑에게 용채를 넉넉하게 쥐여 주었다.

이제 정말 진 상단주의 저택으로 돌아가야 했다.

시간도 꽤 많이 지체되었고, 슬슬 피곤해지기도 했으니까.

·

·

·

이틀이 지났다.

드디어 스물세 개의 상단이 진우림 상단주의 저택에 모였다.

각 상단의 대표로 온 자들이 회의를 했고, 나는 아버지가 가지고 오신 서류를 통해 회의 내용을 짐작할 수 있었다.

소금 소매상들은 염방(鹽幇)이라는 이름으로 묶이며, 일 년에 두 번 정기적인 모임을 하기로 합의하였다.

그 밖에 소금 가격이라든지, 한 번에 최대 얼마만큼의 소금을 소매로 넘길 수 있는지 등등 세세한 것들에 대해서도 이번 회의를 통해서 정했다.

그 내용을 보며 나는 피식 웃었다.

이 정도면 진짜 황제가 작정을 했구나 싶었다.

하긴, 그동안 소금값으로 인해 고통받았던 건 일반 백성들이니, 그들의 지지를 얻기 위해서라도 이번 일은 강하게 밀어붙일 수밖에 없겠지.

덤으로 황실 재정도 채우고.

다음 날.

우리는 드디어 황제를 알현하기 위해 황궁으로 향했다.

달그락, 달그락, 달그락.

마차가 돌이 깔린 길을 달리는 소리가 규칙적으로 들렸다.

나는 아버지를 보았다.

딱 봐도 긴장했음이 느껴졌다.

하긴, 우리가 지금 만나려는 분은 황제니까.

권력의 정점에 서 있는 분으로서 그 손짓 하나, 눈짓 하나에도 우리 같은 백대 상단의 말단에 있는 상단은 바람처럼 날아갈 터.

하지만 나는 별로 긴장이 되지 않았다.

황제가 우리를 부른 건 단순히 보여 주기 위함인 것을 알기 때문이다.

그냥 만나서 "앞으로 잘해라. 내가 지켜보고 있겠다." 라고 하는 거 듣고, "앞으로 잘하겠습니다."라고 대답하고 편전을 나오면 끝이다.

아, 그러고 보니 우리는 한마디 더 해야 하는구나. 이번에 황제에게 진상할 작풍기를 가지고 왔으니까.

황제에게 가는 마차에는 나와 아버지만 있었다. 형은 오지 못했다.

알현 명단에 없었기 때문이다.

내관이 가지고 온 명단에 의하면 각 상단의 대표만 알현할 수 있었고, 예외는 나뿐이었다.

나는 황제가 콕 집어서 오라고 했기 때문이다. 하여 북경까지 온 것이다.

뭐, 진우림 상단주를 구해 줘서 고맙다는 말을 하려는 거겠지만.

정호 형은 내심 서운해하는 기색이었다.

사실 서운해할 것도 없는데 말이지.

천하 오대 상단쯤 되면 황제의 초대를 받아 알현할 기회가 있으니까.

하여 당시 상단주였던 정호 형은 몇 번이나 황궁에 갔다 왔었다.

그때 마차가 멈추었다.

"여기서부터는 모두 걸어서 가야 하오. 모두 마차에서 내리시오."

우리를 호종하기 위해 온 내관의 말에 우리는 마차에서 내렸다.

저 멀리 금빛 지붕의 화려한 전각이 보였다.

그리고 포석으로 단장된 길이 앞에 쭉 깔려 있었다. 그 말인즉, 그늘이 없다는 것이다.

내리쬐는 태양을 슬쩍 바라본 나는 살짝 한숨을 내쉬었다.

나는 빙공을 익혔기 때문에 더위를 타지 않는다.

하지만 다른 이들은 벌써 더위에 지친 모습이었다. 특히나 인준 상단주의 경우 칠순이 넘으셨다.

이 더위에 저기까지 걸어야 한다고?

더운 걸 싫어하는 정호 형이 봤으면 뭐라고 했으려나?

정호 형을 떠올리자, 문득 내가 겪었던 지난 삶에서 황궁에 다녀왔던 형이 해 주었던 말이 떠올랐다.

"태화전까지 가는 길이 멀기도 하고 뜨겁기도 해서 걱정했거든. 그런데 내관들이 곡개(曲蓋)를 들고 그늘을 만들어 줘서 시원하게 잘 다녀왔지."

곡개(曲蓋)는 이렇게 그늘이 없을 때 그늘을 만들어 주는 것으로, 보통은 마차에 달아 사용한다.

하지만 마차를 탈 순 없을 땐 직접 곡개를 들어 그늘을 만들어 주었다.

황궁에서 곡개를 씌워 준다는 건 그만큼 귀한 대접을 해 준다는 의미다.

그리고 곡개가 사용될 땐 반드시 사설감 소속 내관이 동행했다.

황제가 사용하는 천막이나 우산 등을 관리하는 곳으로, 귀한 대접에 사용되는 곡개도 그곳에서 관리했다.

나는 혹시나 하는 마음에 우리를 호종하기 위해 온 내관에게 물었다.

"저, 혹시 이곳에 사설감 소속의 내재(內宰)께서 계시는지 궁금합니다."

"그게 왜 궁금하오?"

"사실, 저희 상단에서 우산에 관심이 좀 있어서 말입니다."

"별걸 다 궁금해하는군. 이래서 상인들이란, 쯧쯧. 저쪽에 있는 내관이 사설감 소속이오."

그 내관은 떽떽대며 대답했다.

"알려 주셔서 감사합니다."

사설감 소속 내관이 있구나.

없을 리가 없지.

천하 오대 상단보다 소금 소매상들이 황제의 입장에서는 더 귀한 손님일 터.

그런데 내관들에게는 우리가 별로 달갑지 않은 것 같다. 아까부터 우리를 대하는 태도도 그렇고, 우리를 바라보는 내관들의 눈빛 또한 아래로 깔보는 듯하다.

나는 저 눈빛이 뭘 뜻하는지 안다.

돈밖에 모르는 한낱 상인 주제에 황궁 안에 들어온 것만으로도 감지덕지해야지, 우리가 굳이 귀한 대접을 할 필요가 있겠냐는 듯한 저 눈빛.

이전 삶에서도 종종 봤던 눈빛이다.

아무튼, 나는 이 상황이 뭔지 알아차렸다.

원래는 우리에게 곡개를 씌워 줘야 했다. 하지만 저들은 고의로 곡개를 준비하지 않았다.

즉, 황제의 명을 제대로 따르지 않은 것이다.

감히 그럴 수가 있겠냐고 할 수도 있겠지만, 생각해 보면 곡개를 씌워 주지 않는 것 가지고 항의하기도 힘드니 이러는 듯했다.

이곳에 있는 상단주들은 천하 오대 상단에도 들지 못한 상단의 상단주들이니, 곡개에 관한 사실은 알지 못할 것이라 여기고 이러는 거겠지.

황제가 모든 것을 일일이 알기도 힘들 테고.

이래서 내관들 안에 비밀 단체를 만들어서 부리는 거구나 싶었다.

지금이라도 바짝 엎드리는 게 나을 텐데 말이지.

내 기억에 의하면 몇 달 후, 내관들 사이에서는 피바람이 분다.

내관들이 단체로 황제를 기만하는 일이 생기기 때문인데, 이번 소금 유통법과 관련하여 다른 상단에 돈을 받고 정보를 판 것이 대표적이었다.

그리고 동씨상단에 진 상단주의 이동 경로를 흘린 것도 이 내관들 중 한 명이었다.

그게 드러난 것.

혹시 우리에게 이렇게 무례하게 구는 게, 밀어주던 상단이 손해를 보게 되어 자신들에게 떨어지는 떡고물이 적어져서 이러는 건가?

참 치졸하다, 치졸해.

그동안 황제의 총애를 받고 있어 안전할 거라고 믿고 방자하게 굴었던 그들은 결국 그 대가를 치르게 된다.

그땐 그들이 조금은 불쌍했지만, 직접 이런 더러운 일을 겪으니 자업자득이라는 생각이 들었다.

"얼른 움직이시오!"

"황제 폐하께서 기다리게 하실 셈이오?"

내관들이 재촉했다. 이런 상황에서 왜 곡개를 준비하지

않았느냐고 실랑이할 생각은 없다.

여기서 실랑이해 봤자 시간만 늦어지고 황제에게 추궁을 받을 수 있으니까.

그러니까 지금은 그냥 넘어가기로 했다.

나는 인준 상단주에게 말했다.

"저에게 업히시지요."

"아니네. 나는 괜찮네."

"보아하니 제법 길이 멉니다. 이러다가 황제 폐하 앞에서 탈진하여 혼절하시면 낭패 아닙니까? 그리고 걸음이 늦어지면 여기 있는 내관들께 혼이 나실 겁니다."

내 말에 내관들은 나를 제지하지 않았다.

맞는 말이니까.

"……."

"그냥 손자 등에 업힌다고 생각하고 편하게 업히시면 됩니다."

"그럼 염치 불고하고 폐를 끼치겠네."

내가 인준 상단주를 업자, 내관이 말했다.

"그럼 갑시다."

그렇게 한참을 걷고 있을 때 인준 상단주가 작은 목소리로 말했다.

"참으로 고맙네. 솔직히 태화전까지 어찌 가야 하나 싶었네."

"별말씀을요."

"그런데 자네의 몸은 참 서늘하군."

"아무래도 체질이 냉하기 때문일 겁니다."

"그렇군."

그때 인준 상단주가 말했다.

"저들이 곡개를 준비하지 않은 것은 고의 같은데 말이지……."

이 사람도 지금의 상황을 이해하고 있구나.

역시, 늙은 생강이 맵다는 말이 괜히 나온 게 아니다.

"자네도 눈치챈 듯하군. 참 서럽구먼."

그 말에 나는 작은 목소리로 대답했다.

"사실 제가 뒤끝이 좀 깁니다."

"어쩔 생각인가?"

"지켜보시면 압니다. 지금보다 더 시원하게 해 드리겠습니다."

그렇게 한참을 걸어서야 태화전 앞에 당도했다.

편전이 있는 곳이다.

그곳에서 의관을 바르게 한 후 잠시 기다리자 안에서 내관이 나와 정중하게 말했다.

"안으로 드십시오."

"네."

우리는 차례대로 안으로 들어갔고, 그 앞에 엎드렸다.

"황제 폐하를 뵙습니다. 만세, 만세, 만만세!"

"고개를 들라."

"성은이 망극하옵니다."

나는 고개를 들어 황제를 보았다.

현재 황제는 사십 대의 젊은 나이다. 하지만 나는 황제가 범상치 않음을 느꼈다.

마치 산중왕이라는 백호가 느긋한 눈으로 바라보는 듯한 기분이다.

그 옆에는 진우림 상단주가 서 있었다.

우리가 출발하기 한 시진 전에 출발하셨다고 하던데, 황제와 의견을 나눌 것이 있었던 모양이다.

"내 너희들의 상단을 이번 소금 유통법의 소금 소매상으로 선정한 것은……."

황제는 내 예상대로 "지켜보고 있으니 잘해라."라는 내용의 말을 했다.

"황제 폐하의 성지를 받잡습니다."

우리를 대표로 인준 상단주가 말했고, 우리는 함께 고개를 숙였다.

"그런데 은해상단에서 선물을 가지고 왔다던데?"

아버지가 내관에게 미리 말해 두었기에, 황제도 이미 알고 있는 것이다.

아버지가 대답하셨다.

"그렇습니다. 작은 기물이지만, 마음을 담아 준비했습니다."

"가져오라."

그 말에 내관은 아버지에게서 물건을 받아 들어 황제에게 진상했다.

그걸 본 황제는 고개를 갸웃했다.

그도 그럴 것이다. 처음 보는 기물일 테니까.

"이것은 무엇인가?"

"작풍기라는 것으로, 저희 상단에서 이번에 새로 만든 기물이옵니다."

아버지는 자세하게 그 작풍기의 작동 방법을 알려 주었고, 내관은 그대로 작풍기를 작동했다.

곧 작풍기의 날개가 돌아가며 시원한 바람이 황제의 얼굴에 닿았다.

"오!"

황제는 무척이나 흡족한 표정으로 감탄을 연발했다.

그런데 그걸 보는 다른 대신들의 눈빛이 무척이나 부러워 보였다.

그래, 이걸 노렸지.

황제는 작풍기의 바람을 맞으며 연신 고개를 끄덕였다.

"참으로 신묘한 기물이로구나! 이걸 다른 이들에게 판매할 예정인가?"

"그렇습니다."

아버지는 대답하였고, 얼른 말을 이었다.

"폐하께서 마음에 들어 하시니, 저희 상단에서 오백 개의 작풍기를 진상하고자 합니다."

"오백 개나?"

황제가 말을 이었다.

"이 기물이 오백 개라…… 그 마음이 참으로 갸륵하구나. 음, 그렇다면 내 이에 대한 답례를 해야겠군. 아니 그런가, 진 상단주?"

황제가 옆에 서 있던 진 상단주에게 그리 묻자, 그가 대답했다.

"뜻대로 하시옵소서."

"그래그래. 이 작풍기를 얼마에 판매할 예정인가?"

"닭 세 마리 정도의 가격을 받을 생각이옵니다."

아버지의 대답에 황제는 놀라서 물었다.

"뭐라? 고작 그 정도 가격으로 팔겠다는 것이냐? 이건 상단에 상당한 이문을 가져다줄 것이 분명한데?"

"솔직히 그러하옵니다."

아버지는 천천히, 그리고 차분하게 말을 이었다.

"하지만 더위에 고생하는 건 모든 이들이 같고, 또한 더위로 인해 목숨을 잃는 이들도 있습니다. 이 기물이 널리 쓰여 사람들이 더위를 잘 이겨 냈으면 하는 마음이옵니다."

"오오! 백성을 생각하는 그 마음이 참으로 갸륵하구나."

"하여 이 작풍기를 여기 있는 상단들에서 생산하여 많은 이들이 더위를 벗어났으면 하옵니다."

지금 황제가 원하는 건 민심과 황실 재정의 안정화다.

왜냐하면, 지금 황제는 신하들과 기싸움을 하는 중이었으니까.

그런 상황에서 아버지의 말은 황제에게 참으로 감미롭게 들릴 터.

"그래, 은해상단이라고 했지?"

"그러하옵니다."

"그 마음에 감복한 바 그 뜻대로 하겠다. 다만 이 작풍기를 판매하여 얻은 수익금의 반을 분배해 주겠다."

그 명에 나는 깜짝 놀랐다.

솔직히 나는 황제에게 선물을 안김으로써 끈끈한 줄을 만들 생각이었다.

하지만 황제는 우리에게 더 좋은 것을 주었다.

판매되는 작풍기의 수익금의 반을 무조건 우리에게 준다니!

"폐하의 명, 받잡습니다."

대신들의 말에 나와 아버지는 얼른 무릎을 꿇고 감사의 말을 외쳤다.

"성은이 망극하옵니다!"

"그럼 이제 물러가도록 해라."

황제의 명에 나는 앞으로 나섰다.

"아뢰옵기 황공하오나, 잠시 황궁 한쪽 구석에서라도 있다가 해가 지면 황궁을 떠날 수 있도록 허락해 주시옵소서."

"너는?"

"은해상단의 소단주 은서호라고 하옵니다."

"아……."

황제는 의미심장한 눈으로 나를 보았다.

"이유가 무엇인가?"

"더위 때문이옵니다. 저를 제외한 대부분의 상단주들의 나이가 적지 않고, 또한 칠순이 넘어 연로하신 상단주도 있습니다. 아직 해가 뜨거워 이로 인해 건강을 잃지 않을까 염려되어 감히 간청드렸습니다."

"쯧쯧, 그리 체력이 약해서야…… 내관들이 곡개를 사용해서 해를 가려 주지 않았는가? 갈 때도 그리할 것이니 염려하지 않아도 되느……."

황제는 바보가 아니다.

우리들의 표정에서 뭔가 이상함을 알아차린 황제는 내게 물었다.

"왜 그런 표정인가?"

"송구하옵니다. 제가 실수하였사옵니다."

"아니다. 왜 그런 표정을 지었는지 말하라."

"아뢰옵기 송구하오나 폐하, 저희는 오는 길에 곡개를 보지 못하였사옵니다."

"뭣이?"

"하여 연로한 인 상단주가 탈진할까 걱정되어 제가 업고 왔사옵니다."

다시 말하지만, 나는 뒤끝이 길다.

내 말에 진 상단주의 표정이 어두워졌는데, 자신이 낙점한 상단의 대표들이 그런 모욕을 당했다는 것 때문인 듯했다.

내 말에 잠시 생각하던 황제가 명을 내렸다.

"이들을 호종한 내관들을 불러오라."

"네!"

곧 편전 안으로 한 무리의 내관들이 들어왔다. 우리를 호종했던 내관들이다.

"부르셨사옵니까?"

"그래. 내 물어볼 게 있다."

"하문하시옵소서."

"오늘 오는 길에, 저들에게 곡개를 씌워 주었는가?"

"……."

그 말에 내관들은 당황했다.

아마도 황제가 이렇게 대놓고 물어볼 거라고는 생각하지 못했기 때문이겠지.

다들 우물쭈물하던 중 한 내관이 대답했다.

"씌워 주지 않았습니다."

"어째서인가?"

"저들은 국법이 정하는 귀빈이 아니기 때문이옵니다. 곡개는 폐하와 황실의 가족들, 그리고 고위직에 속한 이들만이 사용할 수 있사옵니다. 그런데 어찌 저들에게 곡개를 씌워 주라고 하십니까?"

너무 당당한데?

대체 뭘 믿고 저러는지…….

그 말에 황제가 피식 웃었다.

"한 가지를 빼먹었구나. 황제의 명이 있을 때도 곡개를 씌워 줄 수 있다."

"그런 법은 없다고 알고 있습니다."

"그런가? 내각수보."

"네, 폐하."

"누구의 말이 맞는가?"

그 물음에 내각수보가 대답했다.

"폐하의 말이 맞사옵니다. 부칙에 있사옵니다."

그리고 내각수보는 부칙의 내용을 말했다. 역시 내가 잘못 알고 있던 게 아니다.

그런 내용이 있으니 천하 오대 상단의 상단주들이 황궁에 들 때 곡개를 썼겠지.

"저희가 불민하여 잘 몰랐습니다."

"용서해 주십시오."

그들이 그러는 건 지금까지 황제가 너그럽게 용서해 주었기 때문이겠지.

그런데 그것도 때와 장소를 보면서 다리를 뻗어야 하는 건데 말이지.

내관 중 하나가 말했다.

"하오나 폐하, 저들은 천한 장사치입니다. 천한 장사치에게 곡개라니요? 이는 폐하의 위엄이 손상되는 일입니다."

"아는 거라곤 돈밖에 없는 이들에게 곡개는 과분합니다."

"이왕 말이 나와서 드리는 간언이옵니다. 소금 유통법은 저희 내관들에게 맡겨 주십시오."

"폐하께서 친히 저들을 상대하는 것은 격에 맞지 않사옵니다."

얼씨구! 지금 소금 유통법으로 인해 얻을 이익까지 노리는 거구나.

때와 장소를 보면서 다리를 뻗으라니까.

황제가 말했다.

"그럼 천한 장사치를 부리는 나 역시 천하다는 건가?"

"그, 그게 아니오라……."

지금 황제는 내관들을 휘어잡기 위한 기회를 노리고 있었다.

그런 와중에 기회가 제대로 온 것이다.

"반박하려면 제대로 알고 반박하든지 해야지. 세 치 혀로 감히 나를 능멸하려 들다니."

황제는 조곤조곤 그들을 질책했다.

"이들은 백성들을 위한 소금 유통법의 최전선에서 나의 뜻을 행할 이들이다. 그런데 어찌 천하다고 하는 것이냐?"

"……."

"내 듣자 하니, 소금 소매권을 두고 뇌물을 받아먹은 내관들이 있다던데, 혹시 그로 인해 앙심을 품고 이런 방자한 짓을 저지른 것이더냐?"

"……!"

그 말에 내관들은 얼른 그 앞에 엎드렸다.

"아니옵니다!"

"절대 아니옵니다."

"그게 아니라면 소금 유통법의 시행을 자신들에게 맡겨 달라는 말은 하지 않았겠지. 그래, 얼마나 받아먹었느냐?"

이미 황제도 알고 있었구나.

그리고 진 상단주의 표정을 보니 그 역시 알고 있던 일이고.

그러니까 삼 개월 후 내관들이 탈탈 털리는 거겠지.

"조사해 보면 알겠지. 모두 하옥하라!"

"네!"

황제의 명에 금군들이 내관들을 끌고 갔다.

"억울하옵니다! 폐하!"

"저희는 아무 죄도 없사옵니다!"

죄가 없기는…….

그 모습을 보자 뭔가 속이 시원했다.

내가 너무한 게 아니냐고 할 수도 있겠지만, 저들은 자업자득이다.

죄가 없다면 풀려나겠지.

그리고 삼 개월 뒤에 죽을 자들은 죽을 것이고.

잠시 후, 우리는 시원하게 곡개를 쓰고 황궁을 나설 수 있었다.

나만 빼고.

　·

　·

　·

나는 한 건물 안으로 안내되었다.

"여기서 잠시 기다리십시오."

내관은 참으로 극진한 태도로 나를 대했다. 아무래도 아까 우리를 호종했던 내관들이 하옥된 것을 봤기 때문일 터.

"네."

왜 나만 여기서 대기하고 있어야 하는지 궁금했지만, 내관은 그런 것에 대해서 일절 설명하지 않았다.

이런저런 생각을 하며 기다리고 있자니, 문밖에서 시위가 외치는 소리가 들렸다.

"황제 폐하 드십니다!"

그 외침에 나는 얼른 자리에서 일어났다.

내가 있던 곳으로 황제가 들어오자, 나는 얼른 예를 갖추었다.

"황제 폐하를 뵙습니다. 만세, 만세, 만만세!"

"일어나 자리에 앉아도 좋다."

"성은이 망극하옵니다."

나는 조심스레 의자에 앉았고, 황제 역시 내 앞에 앉았다.

황제와 독대라니!

설마 이걸 위해서 나도 이번에 오라고 명을 내리신 건가?

아버지가 그랬다.

내가 북경에 가야 하는 건 황제 폐하의 명이라고.

"내가 너를 따로 보자고 한 것은 감사의 인사를 전하고 싶었기 때문이다."

"네?"

"이번에 사천에서 진 상단주의 목숨을 구했다고 들었다. 이에 감사를 전하고 싶었다."

"아, 아니옵니다! 해야 할 일을 했을 뿐이옵니다. 당연한 일을 하고서 폐하께 감사의 말을 듣다니요! 받잡기 어렵습니다."

"진 상단주는 내 목숨을 구해 준 은인이다. 그런데 내

명을 위해 일하다가 그런 일을 당했다면 내 참 많이 상심했을 것이다."

"……."

"그러니 내 감사를 표하는 것이다."

나는 그저 말없이 고개만 숙였다.

"내 묻고 싶은 것이 있다."

"하문하시옵소서."

"아까 해가 진 다음에 황궁을 떠나겠다고 한 말, 일부러 그리한 것이냐?"

"……네."

나는 이실직고했다.

이미 알고 묻는 건데, 괜히 둘러대어 노여움을 살 필요는 없으니까.

"저들이 저희를 업신여기고 곡개를 씌워 주지 않았음을 알아차렸기 때문입니다. 제가 알기로 사설감 소속의 내관이 있다는 건……."

"곡개를 사용한다는 의미지."

황제는 말을 이었다.

"그러면 너희가 업신여김을 받았기 때문에 그리한 것이더냐?"

"그것도 없다고는 말 못 하겠습니다. 하지만 그보다 더 큰 이유가 있었습니다."

"무엇이냐?"

"황제 폐하의 수족이 되어야 할 내관들이 황제 폐하의 명을 어긴다는 것 때문이었습니다."

나는 말을 이었다.

"저희 같은 상인이 편하게 천하를 주유하며 상품을 사고파는 것이 가능한 건 이 나라가 안정되어 있기 때문입니다. 만약 황제의 명을 두려워하지 않는 위정자들로 인해 세상이 혼탁해지면, 가장 먼저 피해를 보는 건 저희 같은 상인들입니다."

"계속하라."

"그리고 저희 같은 상인이 피해를 본다면, 아뢰기 송구하오나 물자가 돌지 않아 결국 백성들이 피해를 보게 됩니다. 그러면 마침내 이 나라는……."

"망하겠지."

"송구하옵니다."

"아니다. 너는 정론을 말하는 것인데 어찌 이를 탓하겠는가?"

황제가 말했다.

"그러니까 결국 네 행동은 네 이득을 위한 것이었다는 것인가?"

"그렇습니다."

잠시 생각하던 황제는 크게 웃었다.

"하하하하! 참으로 발칙한 놈이로구나! 상인들이 무너지면 결국 백성의 삶과 이 나라가 무너진다고 협박하는 꼴이 아니냐?"

나는 부인하지 않았다.

황제의 말대로였으니까.

"사실 나도 저들의 행태가 무척 방자하여 한번 날을 잡을 생각이었다."

역시 내 생각대로였다.

"너에게 감사와 함께 사과할 일이 있었구나."

"……."

"오는 길에 큰 화를 당할 뻔했다고 들었다. 그 와중에 네가 기지를 발휘하여 화를 면했다고."

"운이 좋았을 뿐입니다."

"내 일 처리가 미흡하여 그런 일을 당하게 했다. 이에 대해 사과하는 바이다."

"황망하옵니다!"

"그자가 부리던 자들은 모두 도주했다고 들었다. 그리고 진 상단주는 그들에 대한 추적을 멈추어 달라고 했지."

"……."

"네가 그리 청했다던데."

"도구에게는 잘못이 없사옵니다. 또한 그들의 식솔들도 잘못이 없습니다. 죽거나 생계가 막막해진다면 그 원망이 폐하에게 미칠까 염려하여 그리했습니다."

내 말에 황제는 잠시 나를 보았다.

"네 나이가 몇이냐?"

"열다섯이 되었습니다."

"그렇군."

그렇게 몇 마디 말을 주고받던 중 옆에서 내관이 말했다.

"폐하, 다음 일정이 얼마 남지 않았사옵니다."

"벌써 시간이 그리 되었나."

황제는 아쉽다는 듯 말했다.

"다음에 볼 일이 있다면 좋겠군. 잘 돌아가도록 하라."

"망극하옵니다, 폐하."

그렇게 황제는 방에서 나갔고, 나는 한숨을 내쉬었다.

황제에게 거슬리지 않게 하고 싶은 말은 잘한 것 같은데 위압감이 장난 아니었다.

나도 모르게 맥이 탁 풀려 버렸다.

그나저나 황제에게 감사와 동시에 사과를 받다니.

가문 대대로 자랑으로 삼아야 하나?

하지만 이렇게 밀실에서 그런 말을 들었다는 것은 입조심하라는 거겠지.

.

.

.

진우림 상단주의 저택에 모였던 이들이 하나둘 돌아가기 시작했다.

모두 바쁜 이들이니까.

은해상단 일행도 서둘러 호북성으로 향했다.

그런 내 옆에는 석일송이 있었다.

이번 북경행에서 몇 가지 이득을 얻었지만, 최대 성과는 석일송이 아닐까 싶다.

인재를 낚았으니까.

(은해상단 막내아들 4권에서 계속)